Klarant Verlag

Die gebürtige Ostfriesin **Sina Jorritsma** aus der Krummhörn studierte in Hamburg Germanistik und Philosophie, bevor sie wieder in ihre Heimat zurückkehrte. Sie veröffentlicht unter Pseudonym, weil sie ihre Umgebung genau beobachtet und Ereignisse aus ihrem Leben in ihre Geschichten einfließen. Das Romaneschreiben ist ihr kleines Geheimnis, das nur wenige Menschen kennen. Bei einer großen Kanne Ostfriesentee mit Sahne und Kluntjes kann sie halbe Nächte durchschreiben, tagsüber hält sie sich mit Joggen fit. Sina Jorritsma lebt mit ihrer Familie in einem kleinen Ort bei Emden.

Sina Jorritsma

Friesenwald

Ostfrieslandkrimi

Klarant Verlag

Kapitel 1

Sie wachte auf, weil ihr Schädel zu platzen drohte. Im nächsten Moment musste sie husten, was nicht verwunderlich war. In ihrer Mundhöhle befanden sich nämlich Sandkörner. Nachdem sie ausgespuckt hatte, klappte es mit dem Atmen schon besser. Ihr Brustkorb schmerzte trotzdem ein wenig, wenn sie ihre Lungen mit Luft füllte. Aber das musste ja sein, denn sie wollte leben.

Wo befand sie sich? Links und rechts von ihr ragten krumm gewachsene Bäume in den Himmel, auch das Unterholz war struppig und dornig. Es roch nach Baumharz, aber der Wind wehte auch den Geruch von getrocknetem Seegras zu ihr. Sie war in einem Strandwald, der typischerweise zu einer Insel wie Borkum gehörte.

Wieso weiß ich das? Diese Frage stellte sie sich. Einerseits fand sie es tröstlich, dass ihr Gedächtnis nicht völlig erloschen war und sie sich an der Vegetation orientieren konnte. Noch lieber hätte sie allerdings einige andere Dinge erfahren – zum Beispiel, wie sie dorthin gekommen war. Oder wie ihr Name lautete. Panik stieg in ihr auf. Was würde mit ihr geschehen, wenn ihr Schädel so leer blieb? Außer einem pochenden Schmerz schien sich nicht viel darin zu befinden. Sie betastete vorsichtig ihren Hinterkopf, der druckempfindlich war. Dort hatte sie eine größere verschorfte Wunde. Immerhin war das Blut schon getrocknet. War sie gestürzt? Oder niedergeschlagen worden? Auch diese Fragen mussten zunächst unbeantwortet bleiben.

»Fang klein an«, ermahnte sie sich selbst mit brüchiger Stimme. »Halte dich an die Fakten. Sammle Informationen.«

Sie blickte an sich herab. Sie lag auf dem Waldboden, daher waren weder ihre Jeans noch ihr weißes T-Shirt blitzsauber. Erde und Matsch hatten Spuren hinterlassen. Viel irritierender erschien ihr der große rötliche Fleck auf dem hellen Stoff ihrer Oberbekleidung. Handelte es sich um Blut? Mit zitternden Fingern zog sie das Oberteil hoch. Darunter hatte sie einen BH an. Eine offene Wunde konnte sie nicht entdecken. Auch ihre Beine und ihre Hüften schmerzten nicht, nur den Brustkorb schien sie sich geprellt zu haben. Ob das Blut von einer anderen Person stammte? Oder von ihrer eigenen Kopfverletzung? Diese Frage würde sich aktuell nicht beantworten lassen. Aber vielleicht gab es in ihren Taschen

Hinweise auf ihre Identität. Sie durchsuchte die vorderen sowie die Gesäßtaschen der Jeans. Diese waren leer. Aber sie trug einen goldenen Ring am Finger. Einen Ehering? Vorsichtig zog sie ihn ab. Auf der Innenseite entdeckte sie eine Inschrift. Sie bestand aus einem Herz, dem Vornamen Jan sowie einem Datum.

»Ich bin verheiratet«, sagte sie zu sich selbst. »Es gibt einen Mann in meinem Leben, und er heißt Jan.«

Würde er nicht nach ihr suchen? Er musste seine Frau doch vermissen. Es wäre ihm bestimmt nicht recht, wenn sie mit einer Kopfwunde in einem Strandwald herumlag.

Und wenn er nicht mehr lebt? Sie konnte nicht sagen, weshalb ihr diese morbide Vorstellung in den Sinn gekommen war. Fest stand, dass der Gedanke sie erschreckte. Ihr Herz krampfte sich zusammen. Sie kämpfte die aufsteigende Panik nieder und steckte den Ring wieder sorgfältig an ihren Finger. Das Datum ihrer Eheschließung nützte ihr überhaupt nichts, weil sie nicht wusste, welcher Tag heute war. Sie hätte ebenso gut seit drei Jahren oder seit vorgestern verheiratet sein können. Sie versuchte, weitere Erkenntnisse zu sammeln.

Es musste Sommer sein, jedenfalls fror sie trotz ihrer leichten Bekleidung nicht. Die Sonne stand noch nicht allzu hoch am Himmel, wahrscheinlich war es irgendwann vormittags. Und sie hörte nicht nur den Wind in den Baumwipfeln rauschen, auch das Tosen der Brandung war deutlich zu vernehmen. Wahrscheinlich befand sich das Meer nicht weiter als hundert Meter entfernt. An einigen Stellen Borkums reichte der Strandwald bis zu den letzten Dünen vor dem breiten Sandband und der Brandung.

Eine weitere Überlegung gab ihr Zuversicht: Frauen hatten doch oft eine Handtasche bei sich. Vielleicht besaß auch sie eine, in der sie Hinweise auf ihren Namen finden konnte. Sie beschloss, die unmittelbare Umgebung abzusuchen, kam aus ihrer liegenden Position hoch und musste zunächst einen Schwindelanfall überwinden. Nachdem sie einige Male tief durchgeatmet hatte, ging es besser. Sie fühlte quälenden Durst. Wann hatte sie zum letzten Mal etwas getrunken? Das konnte sie natürlich auch nicht sagen. Und es befanden sich immer noch Sandkörner in ihrem Mund. Sie spuckte erneut aus. Nachdem der Schwindel nachgelassen hatte, bahnte sie sich einen Weg zwischen einigen krummen Gewächsen. Aber sie fand keine Handtasche – sondern einen Toten!

War es Jan? Sie konnte einige Momente lang keinen klaren Gedanken fassen. Es war, als ob eine unsichtbare Hand ihr die Kehle zudrücken würde. Dann zwang sie sich dazu, die Leiche genauer zu betrachten. Ja, es handelte sich um einen Mann. Aber er trug keinen Ehering. Natürlich konnte es sich trotzdem um ihren Gatten handeln, falls nämlich der Mörder den Ring gestohlen hatte. Wie kam sie darauf, dass der Mann durch Fremdeinwirkung ums Leben gekommen war? Doch man musste kein Meisterdetektiv sein, um dies zu erkennen. Jemand hatte ihm nämlich die Kehle durchgeschnitten, sie hatte so etwas schon öfter …

Ja, warum ist mir ein solcher Anblick vertraut – und zwar nicht aus dem Fernsehen?, fragte sie sich. War sie eine Polizistin? Eine Gerichtsmedizinerin? Eine Bestatterin? Momentan ließ sich dieser Punkt nicht klären.

Der Ermordete war sommerlich gekleidet, so viel stand immerhin fest. Er trug knielange grüne Bermudashorts, Strandschuhe aus hellem Stoff und ein gemustertes Hemd mit kurzen Ärmeln. Andere Menschen hätten sich vielleicht davor gegruselt, einen Toten zu berühren. Aber sie kniete sich neben ihn und tastete nach der Halsschlagader. Eine routinemäßige Bewegung, die sie schon oft ausgeführt hatte. Sie musste sich vergewissern, ob wirklich kein Funken Leben mehr in ihm war. Leider kam für den Mann jede Hilfe zu spät.

Sie schätzte ihn auf Mitte vierzig, er war glattrasiert, dunkelblond mit zurückweichendem Haaransatz. Und im Gegensatz zu ihr hatte er einige Gegenstände in den Taschen seiner Bermudashorts: eine Geldbörse, ein Smartphone – und eine kleinkalibrige Pistole. Sie steckte die Waffe ein und öffnete das Portemonnaie. Darin befand sich neben einigen Euroscheinen ein Personalausweis. Der Name des Manns lautete Udo Althoff mit einer Wohnadresse in Köln. Sie schaltete das Telefon ein, aber es musste zunächst entsperrt werden. Ob dies mit einem Finger-Scan des Toten funktionieren würde? Sie hielt die Kuppe seines rechten Zeigefingers gegen das Identifizierungsfeld. Im nächsten Moment konnte sie das Gerät benutzen. Nur – wen sollte sie anrufen? Die Namen und Nummern im Telefonverzeichnis sagten ihr natürlich nichts. Aber es gab ja zum Glück die Notrufnummer, und die wusste sie sogar auswendig. Sie wählte die 110. Zweimal ertönte das Freizeichen, dann meldete sich eine junge Frauenstimme: »Moin, Sie sprechen mit der Polizei Borkum. Mein Name ist Smit. Wie können wir Ihnen helfen?«

»Ich bin verletzt«, krächzte sie. »Hier ist eine Männerleiche und ich ...«

»Mona, bist du das?«, rief die Polizistin. »Wo steckst du denn? Enno ist schon ganz krank vor Sorge um dich!«

Wer ist denn Enno? Diese Frage lag ihr auf der Zunge. Im nächsten Moment erkannte sie, dass sie ihre Kräfte überschätzt hatte. Ihr wurde schwarz vor Augen, und sie fiel in Ohnmacht.

Kapitel 2

Als sie erneut die Augen öffnete, war es draußen dunkel. Draußen? Ja, denn sie befand sich nicht mehr in dem gruseligen Wald in Gesellschaft eines Toten. Stattdessen lag sie in einem Bett – und sie wusste genau, wo sie war: Dieses Zimmer gehörte zu dem kleinen Borkumer Stadtkrankenhaus. Und neben ihrem Bett saß ein Mann und hielt ihre Hand.

»Jan«, sagte sie lächelnd, während sie von einer warmen Welle des Glücks durchströmt wurde. Und dafür gab es gleich mehrere Gründe: Erstens hatte man sie gefunden, was kein Hexenwerk war; Althoffs Smartphone ließ sich gewiss einfach orten. Zweitens hatte sie nicht *geraten*, dass ihr Ehemann bei ihr war. Sie erinnerte sich wieder an Jan Lummer, so wie sie jetzt auch wieder wusste, wer sie war: Kommissarin Mona Sander von der Polizei Borkum.

Jans Augen leuchteten. »Du bist wach«, stellte er fest.

»Was du nicht sagst«, gab sie mit weicher Stimme zurück. »Wie wäre es mit einem Kuss?«

Das ließ sich Jan nicht zweimal sagen. Nachdem die beiden sich wieder voneinander gelöst hatten, fragte sie: »Musst du nicht arbeiten? Es ist dunkel, da herrscht doch bestimmt Hochbetrieb in der *Nordsee Kajüte*.«

»Soll das ein Witz sein, Mona? Mein Lokal bleibt heute geschlossen. Ich kann doch nicht hinter der Theke stehen und Bier zapfen, während meine Frau beinahe totgeschlagen worden wäre!«

»Ich hab zum Glück einen harten Schädel«, versicherte die Kommissarin. Natürlich freute sie sich, dass Jan bei ihr war. Aber obwohl ihr Erinnerungsvermögen nach und nach zurückkehrte, gab es doch viele Punkte, die noch im Dunkeln lagen. Sie betastete ihre Stirn und stellte fest, dass sie einen Verband trug.

»Dr. Siemers hat deine Platzwunde am Hinterkopf genäht, Schatz. Außerdem hast du eine Prellung am Brustkorb erlitten, wahrscheinlich durch einen Tritt. Wenn ich den Dreckskerl in die Finger kriege, der dich so zugerichtet hat ...«

Jan ballte die Hände zu Fäusten. Er war normalerweise ein tiefenentspannter Mensch, der nicht so leicht aus der Ruhe zu bringen war. Aber wenn jemand seine Frau misshandelte, konnte auch ein Jan Lummer zum Berserker werden.

Mona drohte ihm scherzhaft mit dem Finger: »Du wolltest nicht ernsthaft in Gegenwart einer Polizeibeamtin Selbstjustiz ankündigen, oder? Keine Sorge – wir erwischen den Täter. Oder willst du plötzlich meine kriminalistischen Fähigkeiten anzweifeln?«

»Das würde ich mir niemals erlauben«, versicherte er treuherzig. Sie strich ihm lächelnd über den Handrücken und fragte: »Welcher Tag ist heute? Wann haben wir uns zum letzten Mal gesehen, bevor ich verlorengegangen bin?«

»Heute ist der 5. August, es ist 23.11 Uhr. Du hast heute Vormittag um 10.07 Uhr den Notruf getätigt, danach hat man dich im Wald nördlich vom *Strandcafé Seeblick* gefunden, neben der Leiche«, antwortete ihr Ehemann. Er fuhr fort: »Am 4. August – also gestern – bist du morgens zum Dienst gefahren, nachdem du mit Rufus Gassi gegangen warst. Du wolltest eigentlich pünktlich Feierabend machen, von Überstunden war keine Rede. Du hattest angekündigt, gegen 18 Uhr zu mir in die *Nordsee Kajüte* zu kommen, um im Service auszuhelfen. Als ich um 19 Uhr noch nichts von dir gehört hatte, rief ich dich an. Dein Handy war aus. Dann nahm ich Kontakt mit Enno auf. Er sagte, dass du regulär Feierabend gemacht hättest, gegen 17 Uhr. In dem Moment begann ich, mir richtig Sorgen zu machen. Du hast schließlich schon viele üble Kerle hinter Gitter gebracht. Da ist es naheliegend, dass einer von ihnen mal auf Rachegedanken kommen könnte.«

»Ja, ich habe bestimmt keinen Gefängnisfanclub«, scherzte Mona. Sie fügte, als sie Jans irritierte Miene bemerkte, hinzu: »Ich will mich nicht über deine Befürchtung lustig machen. Sie ist berechtigt. Erinnerst du dich noch an die Verbrecherin, die mir eine Straftat in die Schuhe schieben wollte und dadurch beinahe unsere Hochzeit ruiniert hätte?«

»Wie könnte ich diese Schrulle vergessen?«, erwiderte Jan lachend. Dann schnippte er mit den Fingern und sagte: »Du hast dich an diese Episode erinnert, Mona! Es ist so, wie Dr. Siemers gesagt hat: Dein Erinnerungsvermögen kehrt nach und nach zurück, allerdings nicht unbedingt in der richtigen Reihenfolge.«

»Darum kann ich mich an unsere Hochzeit, nicht aber an gestern erinnern!«, stieß Mona frustriert hervor. Jan strich ihr mit zwei Fingern zärtlich über die Wange: »Das wird schon, du musst

Geduld haben. Und nun solltest du dich wieder ausruhen, deine Lider hängen schon auf halbmast.«

»Unsinn, ich ...«

Mona konnte den Satz nicht beenden, weil die Müdigkeit über sie hinwegschwappte wie eine warme Welle, der man sich nicht entziehen konnte. Ihre Augen fielen zu, und sie schlief in Rekordzeit ein.

*

Als die Kommissarin wieder erwachte, schien die Morgensonne ins Fenster. Sie befand sich immer noch in ihrem Krankenbett im Borkumer Hospital in der Gartenstraße. Jan war fort, was sie bedauerte. Doch sie hatte einen neuen Besucher: Oberkommissar Enno Moll, ihr Dienstpartner und bester Freund. Er hielt eine der hauchzarten kleinen Ostfriesenteetassen in seinen mächtigen Pranken. Es gab eigentlich keine Tages- oder Nachtzeit, zu der Enno das »Lebenselixier« der Insulaner nicht zu sich genommen hätte.

Mona richtete sich im Bett auf und breitete die Arme aus: »Moin, komm an mein Herz!«

Der Zweimetermann erhob sich von seinem Stuhl und umarmte seine Kollegin so vorsichtig, als ob sie aus Porzellan wäre. Vermutlich hatte er von ihren Verletzungen gehört und wollte vermeiden, ihr unabsichtlich wehzutun. Enno verfügte über enorme Kräfte, die er aber nur gegen Bösewichter einsetzte. Nachdem er sich wieder auf seinen Stuhl gesetzt hatte, fragte Mona: »Hast du von meinem Gedächtnisverlust gehört?«

»Ja – aber dein Mann sagte, dass deine Erinnerung nach und nach zurückkehren würde«, erwiderte der Oberkommissar. »Du warst die ganze Nacht über verschwunden. Nachdem Jan uns alarmiert hatte und wir dein Handy nicht orten konnten, hat der Chef sofort eine Suchaktion angeschoben – allerdings nur mit dem zur Verfügung stehenden Personal.«

Mona kannte die Probleme des Dienststellenleiters mit der dünnen Personaldecke bei der Borkumer Polizei. Sie sagte: »Lass mich raten. – Oltbeck hat zwei Kollegen für die Suche nach mir abgestellt!«

»Ja, nämlich Aiske Berend und Hauke Knudsen. Und ich habe mich als Freiwilliger in meiner dienstfreien Zeit dazugesellt. Du kennst ja unseren Vorgesetzten, Mona. Der beißt sich eher die Zunge ab, als Verstärkung vom Festland anzufordern. Aber ich hätte darauf bestanden, die Suche auszuweiten. Zum Glück bist du uns ja mit deinem Anruf zuvorgekommen. Grietje ist beinahe vom Stuhl gefallen, als du gestern den Notruf kontaktiert hast.«

»Ja, zum Glück hatte Althoff ein Smartphone in der Tasche, meine eigenen Sachen hat mir irgendein Miesling abgenommen. Was für ein Glück übrigens, dass ich schon Feierabend hatte, als ich Schwierigkeiten bekam. Also befand sich meine Dienstwaffe vorschriftsmäßig eingeschlossen auf der Wache. Stell dir bloß mal vor, mir wäre meine Pistole geklaut worden. Dann würde Oltbeck garantiert im Dreieck springen!«

»Du hattest jedenfalls eine Schusswaffe in der Tasche, als wir dich gefunden haben«, erinnerte Enno. »Woher stammte sie?«

»Die hab ich dem Toten abgenommen. Oder glaubst du, ich würde mir privat einen Ballermann kaufen? Dafür bin ich viel zu sparsam. Du weißt selbst, wie viel Geld Jan und ich in die Renovierung unseres Hauses stecken mussten.«

Auch dies war Mona wieder eingefallen, obwohl sie auf diese Erinnerung getrost hätte verzichten können. Zwar fühlte sie sich inzwischen in dem kleinen Friesenhaus an der Grönlandstrate richtig heimisch, doch wegen der zahlreichen Instandsetzungsarbeiten an der geerbten Immobilie war sie fast pleite.

Der Oberkommissar erwiderte: »Ich hab auch keine Waffen daheim, das wollen weder Birte noch ich. Die Frage lautet jetzt, warum Althoff mit einer Pistole in der Tasche herumgelaufen ist. Als wir mit ihm gesprochen haben, schienen er und seine Freundin nicht besonders aufgeregt zu sein. Vielleicht war es ein Fehler, ihn nicht nach Waffen zu durchsuchen. Aber das tun wir normalerweise bei einem Geschädigten nie, wie du weißt. Außer natürlich, wenn uns jemand besonders verdächtig vorkommt.«

Mona kniff die Augen zusammen. Freundin? Geschädigte? Also hatten sie und Enno mit Althoff bereits Kontakt gehabt? Daran konnte sie sich leider nicht entsinnen. Der Oberkommissar spürte, was in ihr vorging.

»Wir wurden gestern am frühen Nachmittag zur Kaapdelle gerufen, weil in ein Ferienhaus eingebrochen worden war«, erklärte er und fuhr fort: »Das Objekt war von einem Paar aus Köln gemietet worden, Ulrike Klose und Udo Althoff. Die beiden wirkten gefasst, jedenfalls nicht so verängstigt wie viele andere Einbruchsopfer. Sie sagten aus, nach dem Frühstück zum Strand gegangen zu sein. Dann kehrten sie gegen 13 Uhr ins Ferienhaus zurück, um mittagzuessen. Da bemerkten sie, dass im Wohnzimmer ein Fenster aufgehebelt worden war. Laut ihren Angaben war überhaupt nichts gestohlen worden. Der Eindringling muss sehr behutsam vorgegangen sein. Falls er ihre Sachen durchwühlt hat, dann geschah dies höchst dezent.«

»Also keine aufgeschlitzten Matratzen oder Schubladen, deren Inhalt auf dem Fußboden verteilt wurde?«, vergewisserte Mona sich. Mit einem solchen Anblick waren sie und Enno an Tatorten schon öfter konfrontiert worden.

»Richtig. Der Täter muss Handschuhe getragen haben«, sagte ihr Kollege. »Am Fensterrahmen waren Spuren eines Werkzeugs zu erkennen, mit dem er sich Zugang verschafft hat. Ein Punkt konnte nicht geklärt werden: Laut den Geschädigten war die Tür zum Wohnzimmer verschlossen. Nach dem Frühstück haben die beiden das Haus verlassen, ohne diesen Raum zu betreten.«

»Also hätte der Einbruch schon während der Nachtstunden stattgefunden haben!«

»So ist es, Mona. Aber auch diese Überlegung schien das Paar nicht sonderlich zu beunruhigen. Genau genommen sind ja nicht sie die Geschädigten, sondern Freerk Plate, dem das Ferienhaus gehört, und der nun das Fenster reparieren lassen muss. Ihn haben wir natürlich schon benachrichtigt. Ulrike Klose und Udo Althoff haben das Protokoll unterschrieben. Wir erkundigten uns, ob ihnen verdächtige Personen in der Nähe aufgefallen wären – was sie verneinten.«

»Wie ging es dann weiter?«, wollte die Kommissarin wissen.

»Du und ich haben eine Nahbereichsfahndung vorgenommen und mit einigen Nachbarn und Passanten gesprochen – ohne Ergebnis«, erwiderte Enno. »Weitere versuchte Einbrüche an der Kaapdelle ließen sich nicht feststellen. Als wir Oltbeck Bericht erstatteten, ging er von betrunkenen Jugendlichen aus, die sich einen sinnlosen Streich erlaubt haben.«

»Das ist doch Unsinn!«, stieß Mona hervor. »Welcher besoffene oder bekiffte Bengel steigt in ein Haus ein und verhält sich dort so umsichtig, dass er noch nicht mal eine Vase umwirft?«

»Ja, du hast auch unserem Chef gegenüber Bedenken geäußert, wenn auch etwas weniger drastisch«, meinte der Oberkommissar schmunzelnd. »Da es keine weiteren Anhaltspunkte gab, sollten wir die Angelegenheit nicht weiter verfolgen. Oltbeck konnte jedenfalls keinen sinnvollen Ermittlungsansatz erkennen.«

»Das habe ich offenbar anders gesehen«, murmelte die Ermittlerin. »Habe ich mit dir nicht darüber gesprochen?«

Er zuckte mit den Schultern: »Du hast dich nur wieder einmal über Oltbecks Fantasielosigkeit beklagt und mir ansonsten einen schönen Feierabend gewünscht.«

Mona versuchte, ihr eigenes Handeln nachzuvollziehen. Es wäre während ihrer Polizeilaufbahn nicht das erste Mal gewesen, dass sie auf eigene Faust und ohne Abstimmung mit Kollegen eine Spur verfolgte. Natürlich war es nicht sehr clever, ohne Rückendeckung einen Verdächtigen zu verfolgen. Aber – konnte Althoff wirklich als eine Person betrachtet werden, die etwas zu verbergen hatte? Bei der Einbruchsache war er eindeutig ein Geschädigter. Und doch musste er es geschafft haben, das Misstrauen der Kriminalistin zu wecken. Momentan sah es so aus, als ob sie ihn verfolgt hätte und währenddessen selbst attackiert worden war. Ihr fiel noch ein Detail ein:

»Wo ist eigentlich mein Fahrrad?«

»Es steht weder vor der Wache noch vor deinem Haus«, antwortete Enno. »Nachdem Jan uns alarmiert hatte, haben wir natürlich nicht nur nach dir, sondern auch nach deinem Rad Ausschau gehalten. Schließlich wissen wir alle, was für ein Modell du fährst. Noch ist es nicht wieder aufgetaucht. Ich sorge dafür, dass die Suche fortgesetzt wird. Vielleicht bekommen wir durch das Rad Hinweise darauf, wo du gewesen bist, und was sich genau abgespielt hat.«

»Das Blut auf meinem T-Shirt – stammt es von mir oder von Althoff?«

Mona war mulmig zumute, als sie diese Frage stellte. Eigentlich konnte sie sich nicht vorstellen, dass sie selbst diesen Mann auf dem Gewissen hatte. Aber völlig ausschließen ließ es sich nicht, zumal ihre Erinnerung immer noch lückenhaft war. Wenn sie Althoff getötet hatte – wo befand sich dann das Tatwerkzeug?

Es war, als ob Enno ihre Gedanken gelesen hätte: »Ich gehe von einem Messer oder einem Bajonett aus, mit dem Althoffs Kehle durchtrennt wurde. Zerbrich dir deswegen nicht den Kopf. Früher oder später werden wir die Mordwaffe finden. Außerdem steht noch nicht fest, ob es überhaupt einen Zusammenhang zwischen dem Einbruch und dem Tötungsdelikt gibt.«

Seine Stimme klang beruhigend und tiefenentspannt, wie es meistens der Fall war. Ennos Unerschütterlichkeit hatte der Kommissarin schon oft dabei geholfen, schwierige Phasen in ihrem Berufsleben zu überstehen. Sie schnippte mit den Fingern.

»Wir müssen die Freundin noch einmal befragen! Ulrike Klose – so heißt sie doch, oder? – muss wissen, aus welchem Grund Althoff allein unterwegs war. Mit wem wollte er sich treffen? Kannte er die Person, die in das Ferienhaus eingedrungen ist? Wenn wir ...«

Der Oberkommissar stoppte ihren Redeschwall, indem er lächelnd die rechte Hand hob.

»*Wir* machen erst einmal überhaupt nichts, Mona. Solange du krankgeschrieben bist, musst du ohnehin die Füße stillhalten. Dann wirst du als Zeugin vernommen, eventuell auch ...«

Enno zögerte, also beendete sie seinen Satz: »Ich könnte auch eine Verdächtige sein, richtig? Ich habe keine Erinnerung daran, was mit mir passiert ist, bevor ich niedergeschlagen wurde. Es lässt sich jedenfalls nicht ausschließen, dass ich Althoff ins Jenseits befördert habe – obwohl ich es mir nicht vorstellen kann.«

»Es wird sich alles aufklären«, meinte der Oberkommissar mit seiner üblichen Zuversicht, während er aufstand. »Ich lasse dich jetzt in Ruhe. Dr. Siemers hat mir eingeschärft, dass ich nicht allzu lange mit dir sprechen soll.«

Tatsächlich spürte Mona, wie sehr sie die kurze Unterredung mit ihrem Kollegen angestrengt hatte. Ihre Kopfschmerzen, die sich zwischenzeitlich fast verabschiedet hatten, kehrten mit Wucht zurück. Es fühlte sich an, als ob jemand mit einem Vorschlaghammer ihre Schläfen bearbeitete. Die Kommissarin schloss die Augen.

Als sie wieder aufwachte, wurde sie erneut vom Arzt untersucht.

»Ihre Gedächtnislücken sind deutlich weniger geworden«, sagte der junge kahlköpfige Mediziner, nachdem er Mona einige Fragen zur unmittelbar zurückliegenden Vergangenheit gestellt hatte.

»Das habe ich auch schon festgestellt, Dr. Siemers – aber die Ereignisse direkt vor dem Angriff auf mich sind immer noch eine *Black Box*.«

»So eine Attacke ist ein traumatisches Erlebnis, vor dem sich die Seele auf ihre Art schützt«, erklärte der Arzt. »Versuchen Sie nicht, sich krampfhaft zu erinnern. Wenn Sie geduldig sind, werden Sie früher oder später begreifen, was passiert ist – zum Beispiel dann, wenn Sie an den Ort des Geschehens zurückkehren.«

»Das werde ich gern tun«, versicherte sie eifrig. »Momentan liege ich allerdings noch in diesem Krankenbett. Wie lange muss ich noch hierbleiben? So ein Aufenthalt im Hospital lässt mich gewiss nicht schneller gesunden!«

Dr. Siemers kannte die Kriminalistin von zahlreichen gemeinsamen Einsätzen, bei denen er als Notarzt vor Ort gewesen war. Außerdem hatten sie ein gutes persönliches Verhältnis, er gehörte zu den Gästen bei ihrer Hochzeit. Daher nahm er ihr den letzten Satz nicht krumm, sondern erwiderte schmunzelnd: »Ich möchte Sie in der kommenden Nacht noch zur Beobachtung hierbehalten, aber wenn Sie weiterhin so gute Fortschritte machen, können Sie morgen früh entlassen werden. – Diensttauglich sind Sie dann allerdings noch nicht.«

Mona beschloss, diese Feststellung zu ignorieren. Wenn sie erst wieder draußen war, würde sie Mittel und Wege finden, um die Wahrheit über Althoffs gewaltsamen Tod zu ermitteln. Für den Moment beschränkte sie sich darauf, den Arzt möglichst treuherzig anzuschauen: »Ich werde mir alle Mühe geben, um schnell zu genesen.«

»Geben Sie Ihrem Körper und Ihrem Geist die nötige Zeit.«

Mit dieser Ermahnung verließ Dr. Siemers das Zimmer. Mona schaute aus dem Fenster auf die sonnige Gartenstraße hinaus und zog eine Zwischenbilanz. Sie musste beschlossen haben, Althoff auf eigene Faust zu beschatten. Aus welchem Grund? Ihr war vermutlich etwas aufgefallen, das sie an seiner Aufrichtigkeit zweifeln ließ. Sie hatte ihn wohl nicht ausschließlich als Opfer eines Einbruchs betrachtet – weshalb hätte sie sonst einen Geschädigten verfolgen sollen? Oder hatte sie Althoff gar nicht verfolgt, sondern sich mit ihm getroffen? Und warum war Enno nicht dabei gewesen?

Zumindest für den letzten Punkt gab es eine einleuchtende Erklärung. Die beiden Ermittler hatten bereits Feierabend gemacht. Und es lag Mona fern, ihrem Kollegen wegen eines vagen Verdachts oder einer unausgegorenen Idee die Freizeit zu vermiesen. Er war immerhin wesentlich älter als sie, nicht umsonst wurde er von Fremden gelegentlich für ihren Vater gehalten. Enno brauchte seine Ruhe – auch wenn er sich gewiss sofort bereiterklärt hätte, gemeinsam mit ihr auf eigene Faust einem Hinweis nachzugehen. Und das konnte nur außerhalb der Dienststunden geschehen. Denn dass der Chef Überstunden genehmigte, die auch nur halbwegs vermeidbar schienen, kam ihr höchst unwahrscheinlich vor.

Das Festnetztelefon im Krankenzimmer klingelte. Jan war am Apparat.

»Moin, wie geht es dir?«

»Sobald ich deine Stimme höre, ist alles in Butter«, versicherte sie. »Könntest du mir später ein paar frische Klamotten bringen? Mit etwas Glück werde ich morgen aus der Einzelhaft entlassen.«

»Wie schön, dass du deinen Humor noch nicht verloren hast. Ich soll dich ganz herzlich von Lux und dem Rest der Crew grüßen.«

Jan versprach, im Lauf des Nachmittags vorbeizuschauen. Nachdem Mona aufgelegt hatte, führte sie ihre Überlegungen weiter: Offenbar war sie Althoff in den Strandwald gefolgt – ob er sie entdeckt hatte? War er ihr gegenüber handgreiflich geworden? Dass die Kommissarin in ihrer Freizeit weder ihre Dienstwaffe noch ihr Pfefferspray bei sich getragen hatte, stand für sie fest. Außerdem hätten ihre Kollegen bemerkt, wenn diese Gegenstände auf der Wache fehlten. Und was war mit dem Tatwerkzeug? Mona hielt von Stichwaffen überhaupt nichts. Sie hatte bestimmt keine solche mit sich geführt, als sie Althoff gefolgt war.

Und wenn *er* nun ein Messer gehabt hatte? Dieser Gedanke erschien ihr nicht abwegig. Mona konnte sich durchaus ihrer Haut wehren, sie würde sich gewiss nicht abstechen lassen. Ob ein Kampf zwischen ihr und Althoff tödlich ausgegangen war? Die Kommissarin konnte sich nicht vorstellen, einem Menschen die Kehle zu durchtrennen, auch im Eifer des Gefechts nicht. Und vor allem – wo war das Tatwerkzeug abgeblieben, wenn Mona wirklich für den Tod dieses Mannes die Verantwortung trug? Es klopfte an der Tür, und gleich darauf betrat ihr Vorgesetzter den Raum. Hauptkommissar Hinrich Oltbeck lächelte, er wirkte in diesem Moment beinahe schüchtern.

»Moin, Frau Sander. Störe ich Sie gerade?«

»Nee, Schönheitsschlaf hatte ich jetzt mehr als genug«, scherzte sie. Mona betrachtete den Besuch ihres Chefs mit gemischten Gefühlen. Einerseits wusste sie, dass Oltbeck das Wohl seiner Untergebenen am Herzen lag und es ihn persönlich mitnahm, wenn jemand von der Borkumer Wache verletzt wurde. Andererseits stand die Kommissarin diesmal selbst im Verdacht, eine Straftat begangen zu haben. Während der Hauptkommissar sich umständlich setzte, begann sie zu plappern und von ihren Genesungserfolgen zu berichten. Als Oltbeck nach einer Weile immer noch nichts sagte, unterbrach sie sich selbst und fragte: »Wie schlimm ist es?«

Oltbeck atmete tief durch, bevor er antwortete.

»Zunächst möchte ich betonen, dass ich persönlich Sie für unschuldig halte, Frau Sander. Allerdings gibt es Fakten, die wir nicht unter den Teppich kehren können. – Da ist zunächst das viele Blut auf Ihrem T-Shirt, das theoretisch natürlich auch von Ihrer Kopfwunde stammen könnte. Den Laborbefund aus Oldenburg können wir frühestens am morgigen Tag erwarten, dann haben wir in dieser Hinsicht Gewissheit. Aber da wäre noch der Punkt, dass Sie das Opfer kannten, wenn auch nur sehr flüchtig.«

»Ja, Herr Moll und ich haben bei dem Paar an der Kaapdelle die Anzeige wegen Einbruchs aufgenommen. Die beiden heißen Ulrike Klose und Udo Althoff.«

»Daran können Sie sich also erinnern?«

Mona antwortete: »Mittlerweile ja, Herr Oltbeck. Aber nach diesem Termin endet mein Erinnerungsvermögen. Es ist, als ob ich in einen schwarzen Tunnel fahren würde.«

»Wie verlief das Gespräch mit Althoff und dessen Freundin? Ich weiß ja, dass Sie leider gelegentlich zu Ausbrüchen neigen«, sagte der Chef.

Die Kommissarin ging prompt an die Decke: »Denken Sie im Ernst, ich sei ausgeflippt und hätte Althoff gekillt, weil mir seine Nase nicht passt?!«

Noch während Mona diese Sätze hervorstieß, erkannte sie, dass ihre momentane Explosion Oltbecks Ansicht über sie nur noch untermauerte. Sie presste die Lippen aufeinander und spürte, wie sich Schamröte auf ihrem Gesicht ausbreitete.

Der Hauptkommissar sagte lächelnd: »Nein, keine Sorge. Davon ist keine Rede. Herr Moll hat mir versichert, dass Sie sich bei der Anzeigenaufnahme völlig normal verhalten haben. Ich weiß natürlich, dass Ihr Kollege mit Ihnen befreundet ist, aber er würde niemals einen Vorgesetzten anlügen.«

Wenn du wüsstest, dachte Mona.

Oltbeck fuhr fort: »Sie sind eine sehr aufmerksame Kriminalistin. Ich vermute, dass Ihnen irgendein verdächtiges Detail bei Althoff aufgefallen ist. Daraufhin wollten Sie ihn im Auge behalten – ob er sich beispielsweise mit Verdächtigen trifft. Aber leider wird dieser Komplize oder Mittäter Sie niedergeschlagen haben, Frau Sander. Ich könnte mir vorstellen, dass dann zwischen Althoff und seinem Kumpan ein Streit ausgebrochen ist, aus was für Gründen auch immer. Jedenfalls kann dieser Mann die Kehle des Opfers durchtrennt haben. Jetzt müssen wir ihn nur noch finden.«

Diese Version des Tathergangs gefiel der Kommissarin – vor allem, weil sie selbst bei diesem Szenario nicht die Schuldige war. Sie hakte nach: »Vielleicht hat es einen Kampf zwischen den beiden Männern gegeben? Ich gehe davon aus, dass unter Althoffs Fingernägeln nach Haut-DNA gesucht wird? Bei dem vermuteten Zwist kann es auch eine handfeste Schlägerei gegeben haben.«

»Selbstverständlich wird der Leichnam sorgfältig obduziert, Frau Sander. Darauf können Sie sich verlassen. – Wie auch immer, mit dem Fall kann ich Sie leider nicht betrauen. Momentan sind Sie ja sowieso noch ans Bett gefesselt ...«

»Ich werde morgen entlassen und bin sofort wieder dienstfähig!«, beteuerte Mona. Das stimmte zwar nicht ganz, aber sie traute sich zu, Dr. Siemers um den Finger zu wickeln.

»Das sehen wir dann«, meinte der Chef ausweichend, während er aufstand und sich zum Gehen wandte. »Herr Moll wird schon herausfinden, was wirklich geschehen ist. Vertrauen Sie ihm einfach.«

Dann muss ich wohl wieder mal eine Einzelaktion starten, dachte die Kommissarin. Sie setzte ein falsches Lächeln auf, als sie Oltbeck zum Abschied zuwinkte. Natürlich hatte sie keinen Zweifel an Ennos Fähigkeiten, aber sie war es gewohnt, ihr Leben in die eigene Hand zu nehmen. Es konnte nichts schaden, wenn sie selbst ebenfalls ermittelte. Sie durfte ihrem Kollegen dabei bloß nicht in die Quere kommen.

Kapitel 3

Mona fühlte sich wie ein neuer Mensch, als sie am nächsten Morgen das Krankenhaus verließ. Sie trug die Sachen, die ihr Mann am Vortag noch gebracht hatte: knielange Jeansshorts, Tennisschuhe, blaue Polobluse und eine dunkelblaue Kapuzenjacke. Es war allerdings ein seltsames Gefühl, kein Smartphone zu haben. Ihr eigenes Gerät war von den Kollegen nicht mehr zu orten gewesen. Entweder hatte der Täter es ausgeschaltet oder völlig zerstört. Die Kommissarin schob den Gedanken beiseite, um im Abschlussgespräch mit Dr. Siemers einen guten Eindruck zu machen.

»Denken Sie daran, dass Sie einen schweren Schock erlitten haben, Frau Sander. Von den äußeren Verletzungen will ich gar nicht reden. Sie müssen sich selbst die Zeit geben, das alles zu verarbeiten.«

Das mach ich gern – indem ich den Mörder wegsperre, dachte Mona. Sie beteuerte: »Diesmal bin ich vernünftig, Herr Doktor. Sie werden schon sehen. Ich merke auch, dass ich meine Kraft noch nicht vollständig zurückhabe. So schnell werde ich wohl nicht dienstfähig geschrieben werden können ...«

»Es ist erfreulich, dass Sie so vernünftig sind. Ich schreibe Sie jetzt für eine Woche weiterhin krank, dann sehen wir uns noch einmal. Und falls außergewöhnliche Beschwerden auftreten, kommen Sie bitte sofort.«

Mona versprach es hoch und heilig. Als sie sich von dem Arzt und dem Pflegepersonal verabschiedet hatte, trat sie aus dem Gebäude. Jan wartete draußen auf sie. Er lehnte an dem Kombi, mit dem er die Ware für sein Lokal transportierte. Lächelnd zog er sie in seine Arme und küsste sie.

»Du bist so blass«, stellte er besorgt fest. Auch Mona war mit ihrem Teint alles andere als zufrieden. Lange war sie nicht im Krankenhaus gewesen, obwohl es ihr wie eine halbe Ewigkeit vorkam. Während ihres normalen Dienstes auf Borkum war sie jeden Tag mindestens die Hälfte der Zeit an der frischen Luft. Und das hatte ihr jetzt wirklich gefehlt.

»Ich lasse es ruhig angehen, das habe ich auch dem Onkel Doktor versprochen«, sagte sie, nachdem die beiden sich ins Auto gesetzt hatten. »Mein Fahrrad ist nach wie vor verschwunden. Kann ich den Wagen nehmen, während du bei der Arbeit bist?«

»Natürlich – ich bin nicht dazu fähig, gleichzeitig hinter dem Lenkrad zu sitzen und in der *Nordsee Kajüte* Bier zu zapfen«, stellte Jan schmunzelnd klar. Dann warf er Mona einen irritierten Seitenblick zu: »Sagtest du nicht gerade, dass du einen Gang herunterschalten wolltest, nachdem du so schwer verletzt worden bist?«

»Also, unter einer ernsten Verwundung verstehe ich etwas anderes«, betonte die Kommissarin, obwohl ihr Kopf immer noch mit einem Verband versehen war. »Außerdem weiß ich gar nicht, ob ich die Karre überhaupt brauche. Spazieren gehen ist meinem Gesundheitszustand ohnehin viel zuträglicher. Du musst dir keine Sorgen machen, Schatz – ich bin zwar noch krankgeschrieben, aber es geht mir gut.«

Jan nickte nur. Er kannte seine Frau zur Genüge und wusste, dass sie ihren Willen durchzusetzen verstand – auf die eine oder andere Weise. Er chauffierte Mona zu ihrem Haus in der Grönlandstrate, dann musste er sich auch schon wieder verabschieden. Die Kommissarin kannte seinen Tagesablauf: Am Vormittag waren die ersten Fähren aus Emden und Eemshaven in den Borkumer Hafen eingelaufen. Und das bedeutete frische Ware für Jans Gastronomiebetrieb.

Jetzt widmete die Kommissarin sich erst einmal ihrer Dogge. Rufus sprang an ihr hoch und konnte sich vor Freude kaum beruhigen. Der kluge Rüde hatte natürlich gespürt, dass sein Frauchen spurlos verschwunden war, und musste vermutlich große Verlustängste ertragen. Nun griff sie zur Hundeleine und drehte mit ihm eine kleine Runde durch die Umgebung. Danach brachte sie Rufus zur Nachbarin, die ebenfalls einen Hund hatte. Bei ihrer geplanten Erkundungstour wollte sie das Tier trotz ihrer Wiedersehensfreude nicht dabei haben; sie versuchte, Berufliches und Privatleben strikt zu trennen.

Nachdem die Kommissarin eine halbe Flasche Mineralwasser getrunken hatte, machte sie sich zu Fuß auf den Weg Richtung Ostland. Die Kommissarin verfügte nach wie vor über kein Telefon, hatte sich aber von zuhause eine Stablampe mitgenommen. Es war zwar heller Tag, aber sie wollte die Leuchte im Notfall als Schlaginstrument zweckentfremden. Wenn nämlich

Mona Althoff nicht getötet hatte, befand sich der Mörder immer noch auf freiem Fuß.

Obwohl Hauptsaison herrschte, begegnete sie in der weitläufigen Dünenlandschaft Richtung Ostland nur wenigen anderen Menschen. Die meisten Urlauber zog es im Sommer an die breiten Sandstrände der größten ostfriesischen Insel. Die Naturschutzgebiete waren von zahlreichen Wegen für Wanderer und Radfahrer durchzogen. Und es gab auf der Insel etliche Gehölze, deren Bäumchen sich unter dem stetigen Wind bogen und krumm wuchsen. Der Kommissarin kamen sie an diesem böigen Tag wie lauter Fragezeichen vor, was ihren eigenen Gemütszustand perfekt widerspiegelte.

Das Gefühl, vollkommen im Dunkeln zu tappen, verstärkte sich. Mona näherte sich dem Nordstrand. Vor ihr ragten einige Gründünen auf, das Rauschen der Meeresbrandung war bereits zu hören. Sie war unsicher, was den genauen Tatort anging. Aber dann stieß sie auf ein unverwechselbares Indiz. Mona entdeckte das Flatterband, mit dem ihre Kollegen den Leichenfundort abgesperrt hatten. Inzwischen war hier nichts mehr zu sehen – keine Blutflecken, denn diese waren längst von einer neuen Schicht Flugsand überdeckt worden. Auch keine abgebrochenen Zweige oder Äste, die auf einen Kampf hindeuten konnten. Die Kommissarin spürte Enttäuschung in sich aufsteigen. Was hatte sie erwartet – dass ihre Erinnerung schlagartig zurückkehren würde? Fest stand, dass sie nur wenige Meter vom Leichenfundort entfernt aus ihrer Bewusstlosigkeit aufgewacht war. Aber das war ihr schon vorher klar gewesen.

Doch die Vorgeschichte der Ereignisse fehlte immer noch. Stattdessen machte sich ein Gefühl in ihrem Inneren breit, das ihr gar nicht gefallen wollte. Sie war sicher, beobachtet zu werden. Die Kommissarin versuchte, sich ihr aufkommendes Misstrauen nicht anmerken zu lassen. Lauerte der Mörder tatsächlich noch in der Nähe? Oder handelte es sich um eine harmlose Person, die einfach nur eine junge rotblonde Frau – nämlich Mona – aus sicherer Entfernung betrachten wollte?

Die Ermittlerin musste sich Gewissheit verschaffen, andernfalls würde sie in der kommenden Nacht gewiss keinen Schlaf finden. War es überhaupt wahrscheinlich, dass sich der Täter immer noch in der Nähe aufhielt? Solange die Hintergründe des Verbrechens unklar waren, würde sich diese Frage nicht beantworten lassen. Mona musste ihren unbekannten Widersacher überrumpeln, eine andere Möglichkeit gab es nicht. Sie packte ihre Taschenlampe fester und tat weiterhin so, als ob sie sich für die Pflanzen neben dem Pfad interessierte. Plötzlich drehte sie sich abrupt um und sprintete los, in Richtung der Person, die hinter einer Dünenkuppe lauerte. Obwohl Mona im Krankenhaus gelegen hatte, fühlte sie sich fit. Normalerweise trainierte sie jeden Tag, und sie konnte ziemlich schnell rennen. Ihr war in der Vergangenheit bereits die Aufklärung eines Mordfalls gelungen, in dem sie an einem Lauf-Event teilgenommen hatte.

Der Mann, den sie nun konfrontierte, machte keinen Fluchtversuch. Er schien von ihrem fixen Näherkommen völlig überrascht worden zu sein und starrte sie an wie das Kaninchen die Schlange. Mona hatte die Lampe schon zum Schlag gehoben, ließ den Arm aber nun wieder sinken. Sie kannte die vor ihr kauernde Person nämlich.

»Klaas Manning!«, stieß sie hervor. »Warum schleichst du denn hinter mir her? Ich bin doch gar nicht nackt!«

Der Pensionär verzog den Mund, als ob er in eine saure Zitrone gebissen hätte: »Deine Witze waren auch schon mal besser, Mona.«

Die Kommissarin betrachtete den rüstigen Senior mit gemischten Gefühlen. Einerseits stand der selbsternannte Vogelkundler im Verdacht, mit seinem Fernglas weniger die gefiederten Freunde als vielmehr die Frauen am FKK-Strand zu beobachten. Andererseits hatte er der Polizei schon mehrfach mit Hinweisen helfen können. Bei einem zurückliegenden Fall mit einem rätselhaften Toten in einer Schutzhütte war von ihm sogar ein entscheidender Tipp gekommen. Manning war auch zu Monas Hochzeit eingeladen gewesen. Darum fand sie es umso befremdlicher, dass er ihr nun ungeniert nachstieg.

»Warum treibst du dich hier herum?«, fauchte sie. Mannings Gesichtsausdruck veränderte sich. Eben war er noch offensichtlich erschrocken gewesen, nun lächelte er und zwinkerte ihr zu, als ob sie ein Geheimnis mit ihm teilte: »Ich kann verstehen, dass du unruhig oder verängstigt bist, Mona. Aber du musst dir keine Sorgen mehr machen. Du hast mir schon öfter geholfen, nun konnte der alte Klaas sich endlich einmal revanchieren.«

»Könntest du bitte aufhören, in Rätseln zu sprechen?«, forderte die Kriminalistin. Sie war nun nicht mehr genervt, sondern nur noch neugierig.

»Ich bin sicher, dass dieser Kerl den Tod verdient hatte«, versicherte Manning. »Du hast gewiss in Notwehr gehandelt, du würdest niemals einen Unschuldigen ...«

Es schien, als ob Monas Herz für einen Moment mit dem Schlagen aufhören wollte. Ihr wurde schwindlig, und sie rief: »Warst du etwas ein Tatzeuge? Und du hast es nicht für nötig gehalten, dich an meine Kollegen zu wenden? Bist du jetzt endgültig verkalkt?«

Manning nahm Mona ihre heftige Reaktion nicht übel. Er schien sogar stolz auf das zu sein, was er getan – oder unterlassen – hatte. Seine Stimme hörte sich nun beinahe fürsorglich an: »Ich will dir alles in Ruhe erklären, aber dein Anblick gefällt mir momentan überhaupt nicht, ehrlich gesagt. Du wirst mir doch wohl nicht schlappmachen? Lass uns zum *Dünenbudje* hinübergehen, es ist nicht weit von hier.«

Die Kommissarin hätte Manning am liebsten den Hals umgedreht, aber insgeheim musste sie ihm recht geben: Die Bestätigung, dass sie zur Mörderin geworden sein konnte, hatte ihr den Boden unter den Füßen weggezogen. Ihr ganzes Berufsleben lang hatte Mona das Verbrechen bekämpft, in allen seinen Ausprägungen. Und nun hatte sie höchstwahrscheinlich selbst ein Menschenleben auf dem Gewissen? Dass Althoffs Tod eine Notwehrhandlung gewesen sein konnte, war dabei nur ein schwacher Trost.

»Ja, lass uns etwas trinken gehen«, murmelte sie. »Ich bin nicht im Dienst, also darf ich auch etwas Stärkeres als Tee oder Wasser zu mir nehmen.«

Und ich brauche jetzt wirklich dringend Alkohol, fügte sie in Gedanken hinzu. Manning hakte sich bei ihr ein, und die beiden gingen zu der urigen Milchbude, von deren Terrasse man einen Panoramablick auf Strand und Nordsee hatte. Bei dem schönen Wetter herrschte dort mächtig Betrieb. Trotz ihres angeschlagenen Zustands bemerkte Mona bei dem Pensionär so etwas wie »Besitzerstolz«, als er mit der Kommissarin an seiner Seite das *Dünenbudje* betrat. Ging er davon aus, dass die übrigen Anwesenden Mona für seine junge Freundin hielten?

Sollen sie doch denken, was sie wollen, schoss es ihr durch den Kopf. Ihrer Meinung nach war Manning einfach nur ein einsamer alter Mann. Aber sein persönliches Schicksal gab ihm nicht das Recht, eine polizeiliche Ermittlung zu behindern. Die beiden fanden einen freien Tisch an der hölzernen Balustrade. Manning holte am Ausgabefenster eine Limo für sich und einen Sanddorngrog für Mona.

»Danke, Klaas«, sagte sie und nahm einen Schluck von dem heißen Getränk. Sie fügte hinzu: »Ich halte aber nicht mit dir Händchen.«

»Das weiß ich doch, du bist schließlich eine verheiratete Frau«, erwiderte er mit einem Unterton des Bedauerns in der Stimme.

»Du wolltest mir berichten, was du der Polizei bisher verschwiegen hast!«, erinnerte sie und starrte ihn so lange an, bis er ihrem Blick auswich. Manning rutschte auf seinem Stuhl hin und her, während er zögernd begann: »Du weißt ja, dass ich mit meinem Fernglas zu jeder Tages- und Nachtzeit durchs Naturschutzgebiet streife, immer auf der Suche nach einem Zaunkönig, einem Schilfrohrsänger, einem Sandregenpfeifer oder einem anderen seltenen Vogel.«

Oder nach einer unbekleideten Frau, dachte Mona, behielt den Spruch aber für sich. Sie trank mehr von dem Grog, der seine beruhigende Wirkung bereits in ihrem Inneren entfaltete. Manning fuhr fort, wobei er seine Stimme dämpfte: »Ich dachte an nichts Böses, während ich eine Dünenkuppe überwand und plötzlich zwischen den Baumstämmen einen leblosen Körper liegen sah. Als ich näher trat, bemerkte ich das Blut an seinem Hals. Dann drehte ich mich zur Seite. Ein paar Meter von ihm entfernt entdeckte ich dich, Mona. Ich rief deinen Namen, aber du reagiertest nicht. Ich ging zu dir hinüber und fühlte deinen Puls. Du warst am Leben, allerdings ebenfalls verletzt. Und du hieltest ein Messer in der Hand.«

Der Kommissarin lief ein eiskalter Schauer über den Rücken. Sie fürchtete sich vor ihrer nächsten Frage, dennoch musste sie gestellt werden.

»War Blut an der Klinge?«

Manning nickte, er schlug einen beruhigenden Ton an: »Aus Richtung Ostfriesenstraße ertönte Sirengeheul. Ich vermutete, dass deine Kollegen sowie ein Notarzt und ein Rettungswagen anrücken würden. Offenbar waren sie schon alarmiert worden. Ich musste eine schnelle Entscheidung treffen. Also entwand ich dir das Messer.«

»Du hast das Tatwerkzeug einfach verschwinden lassen?«

Mona war ihre Fassungslosigkeit offenbar anzuhören. Der Vogelkundler verteidigte sich:»Was hätte ich denn tun sollen? In dem Moment habe ich aus dem Bauch gehandelt, ohne nachzudenken. Ich will nicht, dass du ins Gefängnis musst. Das hast du bestimmt nicht verdient. Ich weiß nicht, wer dieser Kerl war, der da in deiner Nähe gelegen hat. Aber ich wette, dass er keine saubere Weste hatte.«

»Das kannst du nicht wissen!«, stellte die Kommissarin klar. Dann kam ihr ein weiterer Verdacht:»Hast du etwa auch mein Smartphone und meine Geldbörse geklaut?«

»Für wen hältst du mich?«, gab Manning empört zurück.»Ich will mich bestimmt nicht an dir bereichern. Außerdem – warum hätte ich dein Telefon stibitzen sollen? Damit du nicht identifiziert wirst? Das wäre sinnlos gewesen, hier auf Borkum kennen dich alle Insulaner. Ich hab das Messer bloß beiseitegeschafft, weil ich dich ...«

Jetzt bitte keine Liebesbeichte, dachte Mona. Nun war sie es, die seine Hand nahm. Sie sagte eindringlich:»Du hast geglaubt, mir einen Gefallen zu tun. Das ist sehr freundlich von dir, aber es war leider der falsche Weg. Beweise verschwinden zu lassen ist nie die Lösung, um einen Kriminalfall aufzuklären. Was ich auch getan habe – ich muss es herausfinden, verstehst du? Ich leide nämlich unter Gedächtnislücken, was die Ereignisse vor dem Tod dieses Mannes angeht. – Hast du das Tatwerkzeug weggeworfen?«

»Nee, ich bewahre es daheim auf«, stammelte Manning. Mona trank ihren Sanddorngrog aus.

»Dann gehen wir jetzt zu dir und anschließend zur Polizei!«, bestimmte sie. Der Vogelkundler machte ein Gesicht wie sieben Tage Regenwetter. Er hatte gewiss schon davon geträumt, mit der Kommissarin in seiner bescheidenen Behausung allein zu sein – wenn auch unter anderen Umständen. Nun blieb ihm nichts anderes übrig, als der Aufforderung nachzukommen.

»Wann hast du den Mann und mich eigentlich entdeckt?«, wollte sie auf dem Weg zu Mannings Wohnung wissen. Er antwortete:»Am 5. August, kurz nach zehn Uhr vormittags. Ich wusste ja, dass die Retter von der Ostfriesenstraße kommen würden. Also bin ich zum Strand gegangen, um ihnen nicht zu begegnen. Ich dachte, wenn die Waffe fehlt, haben sie nichts gegen dich in der Hand ...«

Er wirkte nun wie ein Häufchen Elend. Sie klopfte ihm auf die Schulter: »Du wolltest mir helfen, das weiß ich zu schätzen. Aber nun musst du Farbe bekennen.«

Manning fügte sich in sein Schicksal. Gemeinsam mit der Kommissarin machte er sich auf den Weg zu seiner Wohnung, die sich am Borkumer Ortsrand befand. Er zog eine Schublade seiner Schlafzimmerkommode auf und zeigte wortlos auf ein Messer. Die dunklen Verfärbungen auf der Klinge konnte man nicht übersehen. Sie stammten wohl eher nicht von Rost. Mona lieh sich von Manning eine Plastiktüte, da sie momentan keine Latexhandschuhe bei sich hatte. Sie stülpte sich die Tasche über die Hand und griff nach dem Messer.

Fingerabdrücke von mir werden wohl zur Genüge auf dem Griff sein, dachte sie voller Galgenhumor. Dann wandte sie sich an den Vogelkundler: »So, und die letzte Station unserer kleinen gemeinsamen Wanderung wird die Polizeiwache sein.«

Mannings Begeisterung schien sich in Grenzen zu halten. Und Mona musste sich insgeheim eingestehen, dass ihr die Bewegung nach ihren Verletzungen und der Zeit im Krankenhausbett nicht leichtfiel. Zum Glück befand sich eine Haltestelle des blauen Inselbusses in der Nähe. Der Borkumer Nahverkehr bestand zwar nur aus einer Linie, die zwischen dem Hafen und dem Ostland verkehrte, aber dafür kamen die Busse meist pünktlich. Mona und Manning ließen sich bis zum Inselbahnhof kutschieren, von dem aus es nur noch wenige Meter bis zur Polizeistation waren. Grietje Smit riss die Augen auf, als die Kommissarin in Begleitung des Vogelkundlers das Wachlokal betrat.

»Moin, Mona – verhaftest du jetzt schon Spanner, obwohl du noch krankgeschrieben bist?«

Die Kriminalistin schüttelte lächelnd den Kopf. Das lose Mundwerk ihrer jungen Kollegin hatte ihr gefehlt. Trotzdem musste sie Grietje in ihre Schranken weisen:

»Sei vorsichtig mit haltlosen Beschuldigungen – Herr Manning wird mit seinen Angaben die aktuelle Mordermittlung entscheidend voranbringen.«

»Dann will ich nichts gesagt haben«, beteuerte die sommersprossige Polizeimeisterin. Dann zwinkerte sie dem Vogelkundler zu: »Vielleicht treffe ich ja Herrn Manning ebenfalls, wenn ich mich heute nach Dienstschluss zum FKK-Strand begebe.« Der Blick des älteren Herrn wurde glasig. Ob er sich gerade vorstellte, wie Grietje ohne Textilien aussah? Mona wollte lieber nicht darüber nachdenken. Sie schob ihn vor sich her, um ihn aus dem Wachlokal zu schleusen: »Wir haben noch etwas zu erledigen, Abmarsch!«

Wenig später öffnete Mona die Tür des Büros, das sie sich mit Enno teilte. Natürlich klopfte sie nicht an – schließlich handelte es sich um ihr eigenes Arbeitszimmer. Aber der Oberkommissar war nicht allein, der Chef hatte sich zu ihm gesellt. Das kam eher selten vor, meistens wurden die Ermittler zu einer ›Audienz‹ bei ihrem Vorgesetzten zitiert. Aber momentan lief nichts wie gewohnt ab.

Der hat mir gerade noch gefehlt, dachte Mona, während sie dem Dienststellenleiter zunickte. Und auch Oltbeck schien von ihrem Erscheinen nicht erbaut zu sein: »Was tun Sie denn hier, Frau Sander? Sie sollen sich doch ausdrücklich schonen, bis Sie wieder vollkommen gesund sind!«

»Ich bin spazieren gegangen, wie der Arzt es mir ausdrücklich angeraten hat«, verteidigte sie sich, wobei sie versuchte, möglichst glaubwürdig zu wirken. Sie fuhr fort: »Dabei habe ich zufällig Herrn Manning getroffen, der eine Aussage machen möchte.«

Mit diesen Worten legte sie das blutige Messer in der durchsichtigen Plastiktüte auf den Tisch. Sowohl Enno als auch Oltbeck reagierten sichtlich verblüfft. Mona fand, dass sie nicht allzu sehr geschwindelt hatte. Dass sie zielgerichtet auf der Suche nach dem Leichenfundort gewesen war, musste sie ja nicht unbedingt betonen. Oltbeck runzelte die Stirn und wandte sich Manning zu.

»Wir kennen uns doch, nicht wahr? Was haben Sie mir zu sagen?«, fragte der Hauptkommissar.

Der Vogelkundler beichtete nun stockend, was er zuvor schon Mona mitgeteilt hatte. Der Chef kam aus dem Kopfschütteln nicht heraus: »So geht das aber nicht! Trotz Ihrer guten Absichten hätte Ihnen doch klar sein müssen, dass Sie Frau Sander durch das Unterschlagen von Beweismitteln keineswegs helfen, sondern ihr nur noch größere Schwierigkeiten bescheren.«

»Mona ist keine Mörderin!«, gab Manning bockig zurück und verschränkte die Arme vor der Brust. Oltbeck seufzte. Er schien kein Interesse an einer längeren Diskussion mit dem Zeugen zu haben. Daher reagierte er gar nicht auf Mannings Satz. Enno brachte die gesamte Aussage des alten Herrn in Schriftform und ließ ihn das Papier unterschreiben. Der Chef ließ Hinderk Ekhoff holen, damit der junge Polizist die Fingerabdrücke des Vogelkundlers nahm. Sie mussten mit den Spuren auf dem Messergriff verglichen werden – und sei es auch nur, um ihn als Tatverdächtigen ausschließen zu können.

»Sie dürfen nun gehen, Herr Manning. – Frau Sander bleibt noch einen Moment lang hier«, bestimmte der Vorgesetzte. Nachdem der Vogelkundler den Raum verlassen hatte, erklärte Enno an Mona und Oltbeck gewandt: »Ich habe vorhin noch einmal mit Ulrike Klose gesprochen. Sie ist natürlich am Boden zerstört angesichts von Althoffs Tod. Laut ihren Angaben fühlte er sich verfolgt, auch schon in Köln. Sie vermutet, dass sein ehemaliger Arbeitgeber einen Privatdetektiv auf ihn angesetzt hat.«

»Aus welchem Grund?«, wollte Mona wissen.

»Althoff war wegen angeblichen Fehlverhaltens fristlos gekündigt worden, dagegen hatte er geklagt und vor dem Arbeitsgericht Recht bekommen. Sein Chef will aber in die nächste Instanz gehen und braucht dafür Material, das er gegen Althoff einsetzen kann.«

»Dieser Spur solltest du nachgehen«, meinte Mona und hätte sich am liebsten im nächsten Moment auf die Zunge gebissen. Enno war ein erfahrener Kriminalist – ihm musste sie bestimmt nicht sagen, was er zu tun hatte.

Oltbeck deutete auf das Messer. Dabei wirkte er so stolz, als ob er es selbst entdeckt hätte: »Sie gehen jetzt besser nach Hause, Frau Sander. Ich muss Sie noch einmal eindringlich bitten, sich von den Ermittlungen fernzuhalten – zumindest so lange, bis Ihre Unschuld zweifelsfrei nachgewiesen ist und Sie wieder dienstfähig sind. Ich möchte wegen Ihnen keinen Ärger mit der Staatsanwaltschaft bekommen, haben wir uns verstanden?«

Mona spielte das Unschuldslamm: »Selbstverständlich, Herr Oltbeck.«

Sie verließ das Dienstzimmer. Auf dem Flur wartete Manning auf sie.

»Was gibt es denn noch, Klaas?«

»Ich habe nur eine kurze Frage: Wann ist Grietje Smits Dienst heute zu Ende?«

Kapitel 4

Mona fühlte sich wirklich erschöpft, obwohl sie außer Spazieren gehen noch nicht viel gemacht hatte. Ihr wurde klar, dass sie ihre Verletzungen zu sehr auf die leichte Schulter genommen hatte. Jetzt musste sie wirklich kürzertreten, wenn sie nicht zusammenklappen wollte. Daher gönnte sie sich ein Taxi für die Rückfahrt zur Grönlandstrate. Dort betrat sie ein leeres Haus. Jan war bereits in seinem Lokal, um das Abendgeschäft vorzubereiten. Und Rufus befand sich immer noch bei der Nachbarin, wo die Dogge einen vierbeinigen Spielkameraden hatte. Die Kommissarin schlug sich ein paar Eier in die Pfanne, um bei Kräften zu bleiben. Das Frühstück schien eine halbe Ewigkeit zurückzuliegen.

Während des Kochens dachte die Kommissarin weiter über den Fall nach. Einerseits war sie froh, dass nun der Verbleib des Tatwerkzeugs geklärt war. Andererseits wusste sie immer noch nicht, ob sie die Schuld an Althoffs Tod traf. Und was sollte Mona von der Behauptung halten, dass der ehemalige Chef des Opfers ihm einen Privatermittler auf den Hals gehetzt hatte? Ob Althoff mit dem Mann, der ihn beschattete, in Streit geraten war? Und falls das zutraf – an welchem Punkt der Auseinandersetzung wäre die Kommissarin ins Spiel gekommen? Sie spürte, dass sie sich in Spekulationen zu verlieren begann. Und das war nicht gut. Während Mona sich ihre Rühreier einverleibte, kam ihr eine neue Idee. Natürlich würde sie sich *nicht* aus den Ermittlungen heraushalten. Sie musste nur dafür sorgen, dass Oltbeck keine Lunte roch. Die Kommissarin beendete ihre Mahlzeit und stellte das Geschirr in die Spülmaschine. Dann rief sie beim Kölner Polizeipräsidium an und bat darum, mit Oberkommissarin Brahms sprechen zu dürfen.

»Brahms.«

Die Frauenstimme war ihr wohlbekannt. Jetzt konnte sie bloß noch hoffen, dass Carina Brahms ihre Borkumer Kollegin in positiver Erinnerung behalten hatte. Mona schloss nicht leicht Freundschaften, weder mit Männern noch mit Frauen. Aber mit der Oberkommissarin aus Köln hatte sie wenigstens keine ernsthafte Auseinandersetzung gehabt. Und das war angesichts von Monas schwierigem Charakter schon eine Menge wert.

»Moin, Carina. Hier spricht Mona von der Borkumer Polizei. Weißt du noch, wer ich bin?«

»Natürlich – Mona Sander, die Kollegin mit der riesigen Dogge, richtig? Ich habe inzwischen auch einen Hund in meinem Leben, einen äußerst lebendigen Labrador. Die vier Wochen Austauschprogramm auf der Insel waren schön, fühlten sich eher wie Urlaub und nicht wie Dienst an. Wann kommst du denn mal nach Köln?«

Am besten überhaupt nicht, dachte Mona. Auf einen Besuch in der Großstadt konnte sie verzichten. Sie war angesichts ihres Gedächtnisverlustes froh, dass sie sich überhaupt an Carina erinnerte – und daran, dass die Oberkommissarin in der Rheinmetropole arbeitete, wo auch Althoff seinen Wohnsitz gehabt hatte. Sie sagte: »Das hängt nicht von mir, sondern von der ›Teppichetage‹ ab. Du weißt ja, wie es sich mit der Unberechenbarkeit von Dienstplänen verhält … und momentan bin ich ohnehin krankgeschrieben.«

»Oh, das tut mir leid – hoffentlich nichts Ernstes?«

»Nee, nur ein kleiner Unfall«, wiegelte Mona ab. »Aber jetzt sitze ich daheim, bin zur Untätigkeit verdammt und denke über unseren aktuellen Mordfall nach, den Enno Moll jetzt allein aufklären muss. Wir wissen leider sehr wenig über das Opfer, dessen Namen Udo Althoff lautet.«

»Lass mich raten: Er war in Köln gemeldet, und du benötigst ein paar Informationen über ihn, die nicht in den Akten stehen«, vermutete Carina.

»Exakt, das wäre eine große Hilfe. Ich könnte natürlich den normalen Dienstweg einschlagen, aber ...«

»Wenn es schnell gehen muss, ist das leider die falsche Methode, da sind wir uns wohl einig. Ich kann nachschauen, was ich finde«, bot die Kölner Kollegin an. »Dann rufe ich dich auf deiner Mobilnummer an, einverstanden?«

»Ja, das wäre super«, gab Mona zurück. *Hauptsache, du meldest dich nicht auf der Wache,* dachte sie. Die beiden verabschiedeten sich voneinander, und die Kommissarin steckte ihr Telefon wieder ein. Sie machte in der Küche ›Klarschiff‹ und überlegte, ob sie sich noch einmal aufs Ohr hauen sollte. Aber wenn sie tagsüber schlief, fühlte sie sich erst richtig krank. Mona wischte gerade die Bodenfliesen, als es an der Tür klingelte. Sie hoffte, dass ein

Sektenwerber draußen stand, an dem sie ihre aufkommende schlechte Laune auslassen konnte. Stattdessen war es Enno, der sie besuchen wollte. Und darüber freute sie sich natürlich wie eine Schneekönigin.

»Komm rein, altes Haus! Hast du es vor Sehnsucht nicht mehr ausgehalten?«, scherzte sie. »Wie viel Zeit ist vergangen, seit Oltbeck mich aus der Wache geworfen hat?«

»Ungefähr eine Stunde. Und du weißt selbst, dass er diesmal keine andere Wahl hatte. Wir alle kämen in Teufels Küche, wenn jemand herausfände, dass du als eine potentiell Verdächtige an den Ermittlungen teilgenommen hast – darum darf dieser Eindruck gar nicht erst entstehen.«

Nachdem Enno das gesagt hatte, verstummte er. Die Kommissarin glaubte, den Grund dafür zu kennen. Er war ihr nämlich in die Küche gefolgt. Seine Nasenflügel gerieten in Bewegung, der mächtige Brustkorb hob und senkte sich. *Klar, der Duft nach gebratenen Eiern hängt immer noch in der Luft,* dachte Mona. Sie fragte: »Hast du schon etwas zwischen die Kauleisten bekommen?«

Er antwortete: »Nee, ohne dich macht die Mittagspause keinen Spaß. – Natürlich krieg ich abends daheim leckeres Essen von Birte vorgesetzt, aber wie soll ich die Zeit bis dahin überstehen?«

Sie warf einen Blick auf seinen runden Bauch, ein sichtbares Zeichen dafür, dass er für sein Leben gern aß.

»Ich mach dir schnell ein paar Eier!«, schlug Mona schmunzelnd vor. Sie holte Eier aus dem Kühlschrank, außerdem eine Handvoll geschälter Krabben, mit denen sie die Rühreier verfeinern wollte.

Enno nahm am Esstisch Platz. Während die Kriminalistin das improvisierte Gericht für ihn vorbereitete, begann er: »Natürlich halte ich dich im Fall Althoff auf dem Laufenden, das konnte ich vorhin in Oltbecks Gegenwart natürlich nicht offen sagen. – Bei der Befragung von Ulrike Klose kam mir einiges merkwürdig vor. Ihr Entsetzen angesichts von Althoffs Tod war irgendwie zu glatt. Es kam mir wie einstudiert vor. Natürlich trauert jeder Mensch anders, aber diese Frau hat mein Misstrauen geweckt. Nachzuweisen ist ihr bisher allerdings nichts. Ein Alibi für die Tatzeit hat sie jedenfalls nicht. Dr. Siemers geht davon aus, dass Althoff zwischen 22 Uhr und Mitternacht in der Nacht vom vierten auf den fünften August verstorben ist.«

»Wann will Ulrike Klose ihren Freund denn zum letzten Mal lebend gesehen haben?«, wollte Mona wissen.

»Am 4. August, gegen 20 Uhr. Althoff verließ laut seiner Freundin das Ferienhaus, weil er sich mit seinem Anwalt treffen wollte. Sie selbst ist angeblich im Ferienhaus geblieben, wofür es aber keine Zeugen gibt.«

»Warum ist sie nicht mitgegangen?«, hakte die Kommissarin nach. Enno erwiderte: »Frau Klose gibt an, alles Juristische ›sterbenslangweilig‹ zu finden. Das gilt auch für die Menschen, die in diesem Bereich arbeiten. Sie wollte vor der nächsten Instanz nichts von dem Prozess wissen. Althoff wird angeblich von der Kanzlei Schmieder, Voss & Jakobi in Köln vertreten. Ich habe dort angerufen, die Herrschaften waren ziemlich zugeknöpft, aber das sind wir als Polizisten ja von Anwälten gewohnt. Immerhin konnte ich die Auskunft erhalten, dass diese Juristen aktuell keinen Mandanten mit dem Namen Udo Althoff haben und er auch in der Vergangenheit nicht von ihnen vertreten wurde.«

Mona hatte eine riesige Portion Rührreier mit Krabben gebrutzelt. Sie tat das Gericht auf einen Teller und gab ihrem Kollegen Messer und Gabel. Außerdem stellte sie eine Flasche Mineralwasser und ein Glas auf den Tisch: »Lass es dir schmecken, bevor du vom Fleisch fällst. – Da die Anwälte wahrscheinlich die Wahrheit gesagt haben, sehe ich zwei Möglichkeiten: Entweder hat Althoff seine Freundin angeschwindelt, was sein abendliches Treffen anging – oder sie ist dir gegenüber nicht ehrlich gewesen, weil sie den Täter kennt und ihn decken will.«

Enno kaute voller Genuss, dann sagte er: »Es ist sehr lecker, du bist eine erstklassige Köchin!«

»Alter Schmeichler!«, gab sie errötend zurück, denn mit Lob konnte Mona immer noch nicht gut umgehen. Sie fuhr fort: »Also, Rührreier sollte nun wirklich jeder zustande kriegen! Schau dich hier um, Jan und ich besitzen keine Mikrowelle. Wir müssen selbst kochen, wenn wir nicht bloß von Butterbroten leben wollen. – Und was ist mit Althoffs Arbeitgeber, der einen Privatdetektiv auf ihn angesetzt haben soll?«

»Mit dem wollte ich nach meiner Mittagspause Kontakt aufnehmen«, erwiderte Enno, bevor er sich eine weitere Gabel Rührei in den Mund schob.

»Konntet ihr schon mehr über die Pistole herausfinden, die Althoff in der Tasche hatte?«, fragte Mona.

»Die Waffe befindet sich jetzt im kriminaltechnischen Labor Oldenburg. Ein Untersuchungsergebnis liegt noch nicht vor. Es handelt sich um eine Ceska 9 mm mit herausgefeilter Seriennummer. Die Pistole ist alt, scheint aber funktionstüchtig zu sein. Als es den Ostblock noch gab, war sie dort bei Polizei und Armee eine beliebte Dienstwaffe. Althoff wird sie auf dem Schwarzmarkt gekauft haben.«

»Diese Spur ist also eine Sackgasse«, vermutete die Kommissarin.

»Ja, es sind zu viele von diesen Waffen im Umlauf. – Ich will herausfinden, mit wem sich Althoff tatsächlich getroffen hat. Falls diese Person etwas mit seiner Ermordung zu tun hat, ist der Fall so gut wie gelöst.«

Mona presste ihre Fäuste gegen ihre Schläfen: »Ich würde dir so gern helfen, aber mein Gedächtnis streikt immer noch. Wenn ich nur wüsste, aus welchem Grund ich Althoff eigenmächtig beschattet habe!«

»Quäle dich nicht«, meinte Enno und warf ihr einen besorgten Blick zu. »Du hast doch gemerkt, dass du dich an immer mehr Einzelheiten erinnern kannst. – Das war ganz ausgezeichnet.«

Der letzte Satz bezog sich natürlich auf seine Mahlzeit, die der Oberkommissar nun beendet hatte. Er schob den leeren Teller von sich weg.

»Falls ich bei der Polizei gefeuert werde, kann ich wenigstens als Köchin bei meinem Göttergatten in der *Nordsee Kajüte* anheuern«, witzelte Mona düster. Enno zog die Augenbrauen zusammen: »Unsinn, du wirst nicht entlassen. Ich sehe keinen Grund, aus dem du Althoff hättest töten sollen. Notwehr? Theoretisch ist das möglich. Aber ich kenne dich, du würdest einem Gegner sein Messer entwinden, es aber keinesfalls gegen ihn richten. Außerdem reichte der Schnitt an der Kehle des Opfers fast von einem zum anderen Ohr. So eine Verletzung fügt man nicht im Eifer des Gefechts zu, sondern begeht die Tat mit ruhiger Hand. Nee, das warst du auf keinen Fall!«

Der Oberkommissar trug sein Argument im Brustton der Überzeugung vor. Mona wollte ihm so gern glauben. Sie wusste, dass er es ehrlich meinte. Wenn Enno ihr die Tat zugetraut hätte, würde er ihr dies nicht verschweigen.

»Also ist jede Menge Beinarbeit gefragt«, vermutete die Kommissarin. »Du wirst in der Borkumer Gastronomie Althoffs Foto herumzeigen und hoffen, dass sich jemand an seinen Besuch am 4. August erinnert. Ich würde dir ja gern helfen, aber ...«

Enno klopfte ihr auf die Schulter: »Das schaffe ich schon allein, wir wollen doch unseren verehrten Chef nicht verärgern.«

Bevor Mona etwas erwidern konnte, klingelte Ennos Smartphone. Er nahm das Gespräch entgegen, meldete sich mit Namen und Dienstgrad.

»Ach, und wo? Ja, ich bin auf dem Weg.«

Er steckte das Telefon wieder ein. Mona warf ihm einen fragenden Blick zu.

»Dein Fahrrad wurde gefunden. Ich ruf dich an, sobald ich mehr weiß. Und vielen Dank für das leckere Essen!«

Mit diesen Worten verließ der Oberkommissar schnell die Küche und gleich darauf das Haus. Mona blieb ein wenig ratlos zurück. War es nun ein gutes oder ein schlechtes Zeichen, dass man ihr Rad entdeckt hatte? Die Kommissarin kochte sich erst einmal einen Tee, der half ihr üblicherweise immer beim Nachdenken. Nun läutete auch ihr Mobiltelefon. Die Kölner Kollegin war am Apparat:

»Ich weiß nicht, ob du schon einen Blick in die Datenbanken geworfen hast, Mona. Udo Althoff aus Köln ist jedenfalls polizeilich noch nicht in Erscheinung getreten, jedenfalls nicht als Beschuldigter. Allerdings gab es vor ungefähr einem Jahr eine Ermittlung, bei der er als Zeuge vernommen wurde.«

Die Kommissarin horchte auf: »Worum ging es denn bei dem Fall?«

»Sagt dir der Name Kannengießer etwas?«, lautete die Gegenfrage der Kölner Kollegin.

»Nee, ist das eine Bildungslücke?«

Carina Brahms lachte und sagte: »Wahrscheinlich nicht, weil du so weit weg vom Ort des Geschehens wohnst, Mona. Auf Borkum scheint die Welt immer noch in Ordnung zu sein, das war jedenfalls mein Eindruck, als ich vier Wochen lang auf der Insel sein durfte. – Kannengießer steht im Verdacht, drei Menschen ermordet zu haben. Die Opfer wohnten in Düsseldorf und Köln. Die Zeitungen im Rheinland sind voll mit Sensationsberichten über diese Bluttaten. Leider befindet sich Kannengießer immer noch auf freiem Fuß, weil die Beweislage zu dünn ist. Keine Zeugen, keine

Tatwaffe … Der Staatsanwalt ist von der Schuld des Verdächtigen überzeugt, will sich aber nicht blamieren. Darum wurde bisher keine Anklage erhoben. Meine Kollegen arbeiten mit Hochdruck daran, Kannengießer seine Mordserie nachzuweisen.«

»Aber Althoff hat gegen diesen Mann ausgesagt, wenn ich dich richtig verstanden habe?«

»Ja, Mona. Althoff erkannte Kannengießers Auto in der Nähe des ersten Tatorts. Leider war diese Beobachtung für sich allein genommen nicht aussagekräftig genug, weil er das Nummernschild nicht richtig erkennen konnte und der Wagen selbst ein sehr gängiges Modell ist. Jeder Strafverteidiger, der sein Geld wert ist, würde den Wert dieser Aussage anzweifeln – und das mit Recht, denn sie ist wirklich sehr dürftig.«

»Weiß Kannengießer denn, dass Althoff gegen ihn ausgesagt hat?«, wollte die Kommissarin wissen.

»Da bin ich überfragt«, gestand Carina Brahms. Sie fügte hinzu: »Falls er Wind davon bekommen hat, würde ich Kannengießer den Mord an Althoff durchaus zutrauen. Dieser Verdächtige scheint nämlich höchst rachsüchtig zu sein. Mit allen drei Mordopfern hatte er auf die eine oder andere Art ein Hühnchen zu rupfen, wenn man das so nennen möchte. Es handelt sich nämlich um seine Ex-Frau, einen geschäftlichen Konkurrenten und einen Schulfreund.«

»Schulfreund?«, wiederholte Mona. »Wie alt ist Kannengießer denn?«

»Ende fünfzig.«

»Dann liegt sein Schulabschluss ja schon ziemlich lange zurück«, stellte die Kriminalistin trocken fest. »Falls Kannengießer dieses Opfer auf dem Gewissen hat, muss er ja wirklich sehr nachtragend sein.«

Mona selbst war erst Anfang dreißig; sie erinnerte sich mit Schaudern an ihr eigenes Klassentreffen mit Leuten aus ihrem Abitur-Jahrgang, bei dem sie prompt einen raffinierten Mordfall hatte aufklären müssen.

»Kannengießer kann jedenfalls von uns momentan nicht rund um die Uhr observiert werden, weil wir gegen ihn nicht genug in der Hand haben«, erklärte die Kölner Kollegin und fügte hinzu: »Es könnte also durchaus sein, dass er einen Abstecher nach Borkum gemacht hat.«

Nach dem, was Mona bisher über diesen Verdächtigen gehört hatte, schien die Möglichkeit zu bestehen. Aber würde Althoff sich mit jemandem treffen, von dem er Schlimmes erwarten musste? Und wenn Kannengießer ihn in die Falle gelockt hatte? Auf jeden Fall hatte die Kommissarin jetzt einen Namen, mit dem sie weitermachen konnte.

»Hast du außer dieser Zeugenaussage noch mehr Informationen über Althoff, Carina? Ich habe gehört, dass er mit seinem Chef vor das Arbeitsgericht ziehen musste, und daher ...«

Die Kölner Oberkommissarin lachte: »Entschuldige, wenn ich dir ins Wort falle, Mona – aber da muss euch jemand veräppelt haben! Althoff ist das, was man einen ›Berufssohn‹ nennt. Er hat ein Millionenvermögen geerbt und meines Wissens noch nie in seinem Leben gearbeitet!«

Kapitel 5

Diese Neuigkeit verblüffte Mona.

»Das ist wirklich hochinteressant, Carina. Du hast mir sehr weitergeholfen. Wenn ich etwas für dich tun kann, dann lass es mich wissen.«

»Falls Kannengießer wirklich auf eurer schönen Insel erschienen ist, dann sind wir natürlich an Informationen interessiert«, betonte die Kölnerin. »Falls du es mit ihm zu tun bekommst, achte bitte auf deine Eigensicherung. Wenn wir bei unseren Ermittlungen nicht auf dem Holzweg sind, dann hat er schon drei Menschenleben ausgelöscht und wird sicher auch keine Hemmung haben, eine Polizistin anzugreifen.«

»Ich werde aufpassen wie ein Schießhund«, versprach Mona. »Wir bleiben in Kontakt.«

Mit diesen Worten beendete sie das Telefonat. Dann holte sie ihr Notebook und machte es sich auf dem Sofa bequem. Mona gab die Begriffe Kannengießer, Mehrfachmord und Köln in eine Suchmaschine ein. Die Ergebnisse ließen nicht lange auf sich warten. Ein Boulevardblatt titelte mit dem Satz: »Bernd K. – Bauernopfer oder brutaler Schlächter?«

Zu dem reißerischen Artikel darunter passte ein Schnappschuss, auf dem ein Mann beim Verlassen des Gebäudes der Staatsanwaltschaft zu sehen war. Die Zeitungsdesigner hatten einen schwarzen Balken über die Augen der Person geklebt. Mona traute sich trotzdem zu, diesen ›Bernd K.‹ wiederzuerkennen, falls er ihr über den Weg lief. Laut dem Text war er ein Kölner Barbesitzer mit guten Kontakten zum Rotlichtmilieu und Kleinkriminellen. Wobei er beides offenbar bestritt und sich als seriösen Geschäftsmann in Szene zu setzen versuchte. Sein Körperbau ließ sich auf dem Foto gut einschätzen – er war groß und breitschultrig, in seinem schwarzen Lederjackett wirkte er bedrohlich. Und er hatte den Kopf gesenkt – wie ein Stier in der Arena, der gleich den Matador auf seine Hörner nehmen will.

»Bernd Kannengießer«, sagte Mona laut. »Ich möchte zu gern wissen, ob du momentan gute Borkumer Luft atmest.«

Nach dem Essen und dem Ausruhen auf dem Sofa fühlte Mona sich wieder fit genug, um einen Spaziergang zu unternehmen. Von der Grönlandstrate bis zur Touristeninformation am Georg-Schütte-

Platz benötigte man zu Fuß ungefähr eine halbe Stunde. In dem kleinen Pavillon gegenüber vom Inselbahnhof konnten Feriengäste eine Unterkunft buchen und Tipps für Ausflüge bekommen. Dort wurde aber auch der Gästebeitrag von allen Besuchern der Insel registriert, so dass man dort erfahren konnte, welche Personen sich gerade auf der Insel befanden. Mona wurde von den Mitarbeitern lächelnd begrüßt, denn sie war schon oft dienstlich dort gewesen.

»Was ist denn passiert?«, fragte eine Angestellte und deutete auf den Kopfverband der Kommissarin.

»Ein klarer Fall von Berufsrisiko«, scherzte Mona. »Deshalb bin ich momentan krankgeschrieben. Und eigentlich habe ich nur ein privates Anliegen. Ein Bekannter von mir wollte nach Borkum kommen, und ich möchte ihn überraschen. Dazu müsste ich allerdings wissen, wo er abgestiegen ist.«

Die Kommissarin fand, dass ihre Lüge halbwegs vertretbar war. Genau genommen handelte es sich bei Kannengießer natürlich um einen Verdächtigen. *Also eigentlich eine Art von beruflicher Bekanntschaft,* redete Mona sich ein. Die Mitarbeiterin kämpfte mit sich, gab aber schließlich nach. Immerhin war ihr bewusst, dass sie eine Polizistin vor sich hatte.

»Ein Gast namens Bernd Kannengießer ist am 1. August im *Hotel Teutonia* abgestiegen«, teilte sie der Kommissarin mit. Dieser Name sagte Mona natürlich etwas. Den Übernachtungsbetrieb gab es seit der Regierungszeit des letzten deutschen Kaisers; wie die anderen Seebadhotels an der Jann-Berghaus-Straße bot das *Teutonia* nicht nur eine nostalgische Fassade, sondern auch einen unverbaubaren Blick auf Strand und Nordsee. Außerdem gehörte es zu den größeren Hotels am Platz. Mona bedankte sich und verließ die Touristeninformation. Nachdenklich schlenderte sie die Bismarckstraße hinunter. Im Außenbereich vom *Lord Nelson*, dem *Pferdestall*, dem *Black Pearl* und den anderen beliebten Lokalen herrschte reger Betrieb, Musikfetzen drangen an ihr Ohr, es herrschte eine entspannte Atmosphäre. Mona wusste noch nicht viel über Kannengießer – außer, dass er mit Vorsicht zu genießen war. Aus welchem Grund sollte er weiterhin auf Borkum bleiben, wenn er Althoff auf dem Gewissen hatte? Sah er die Gefahr, durch eine vorzeitige Abreise die Aufmerksamkeit der Polizei zu erregen? Oder wollte er auch Ulrike Kloses Lebenslicht auslöschen? Die Kommissarin machte sich bewusst, dass sie gegen Kannengießer

41

absolut nichts in der Hand hatte. Noch nicht einmal ihre Kölner Kollegen konnten ihm etwas am Zeug flicken, und dabei stand er dort schon dreifach unter Mordverdacht. Ganz abgesehen davon, dass Mona nicht im Dienst war. Ulrike Klose? Der Kommissarin wurde bewusst, dass sie diese Frau noch nicht gesehen hatte. Sie wurde neugierig. Mona gab die Namen des Opfers und dessen Freundin in eine Suchmaschine ein und entdeckte prompt ein Foto in den sozialen Medien. Darauf sah man Althoff, der eine füllige blonde Frau Anfang vierzig innig umarmte. Beide trugen Badekleidung und standen auf einem Segelboot.

Schön, jetzt könnte ich Ulrike Klose erkennen, wenn sie mir über den Weg läuft, dachte Mona. Ihr Körper signalisierte ihr, dass er allmählich Ruhe brauchte. Sie verhielt sich also höchst unvernünftig, indem sie auf das *Hotel Teutonia* zusteuerte und es über die breite Freitreppe betrat. Die weitläufige Halle war mit Ölgemälden geschmückt, die Segelschiffe auf hoher See zeigten und ernst blickende Kapitäne zeigten. Zusammen mit der liebenswürdig altmodischen Sitzecke und der hölzernen Rezeptionstheke wurde so eine nostalgische Stimmung erzeugt. Das Haus war seit Generationen in Familienbesitz. Und der momentane Hotelier Dirk Cordsen stand gerade an der Rezeption. Als er Mona erblickte, strich er sich mit der Handfläche über seine blonden Naturlocken – ein nervöser Tick von ihm – und eilte auf sie zu.

»Was willst du denn schon wieder hier?«, zischte er leise und schaute verstohlen über die Schulter zu seinen Mitarbeitern und den gerade angekommenen Gästen.

»Warum bist du denn so nervös?«, fragte Mona lachend. »Man könnte meinen, ich sei deine Geliebte, die du vor der Welt verstecken musst!«

»Willst du nicht noch etwas lauter schreien? Vielleicht haben dich nicht alle Anwesenden gehört«, flüsterte Cordsen. Tatsächlich war nie etwas zwischen ihm und Mona gelaufen. Erstens war er überhaupt nicht ihr Typ, und zweitens ging ihr seine ständige Hektik ziemlich auf die Nerven. Es machte ihr einfach Spaß, ihn gelegentlich etwas aufzuziehen.

»Mach dich mal locker, Dirk! Wie du an meinem Kopfverband erkennen kannst, bin ich verletzt und daher momentan krankgeschrieben. Also habe ich heute überhaupt keinen dienstlichen Auftrag, sondern wollte einfach nur einen Freund besuchen.«

Cordsen riss die Augen auf. Sein Blick wanderte durch die Hotelhalle. Ob er nach Enno Ausschau hielt? Der Hotelier wusste aus Erfahrung, dass es Mona eigentlich nur im Doppelpack mit dem Oberkommissar gab. Und einen wuchtigen Zweimetermann wie Enno Moll konnte man unmöglich übersehen.

»Einen Freund?«, wiederholte Cordsen. »Etwa unter meinen Gästen?«

»Ich meinte *dich*, Doofmann.«

Mit diesen Worten hakte sie sich bei ihm ein und versuchte, möglichst treuherzig zu schauen. Doch der Hotelier war nicht dumm; er wusste, dass Mona nicht ausschließlich aus freundschaftlichen Gefühlen zu ihm gekommen war.

»Also gut«, seufzte er. »Geh schon mal ins Lesezimmer. Ich hole uns einen Tee und komme gleich nach.«

»Du verstehst es, das Herz einer Frau zu erobern, Dirk«, scherzte sie.

Das Lesezimmer verfügte über keine Fenster, war aber mit den Holzregalen und den Clubsesseln sowie einem Billardtisch gemütlich eingerichtet. Hier standen zahlreiche Bücher zum kostenlosen Leihen bereit, hauptsächlich Küstenkrimis und Meeresromanzen. Es gab auch etliche beliebte Brettspiele, von Dame bis Mühle. Doch Mona erinnerte sich in diesem Raum eher an einige improvisierte Verhöre, die sie hier zusammen mit Enno durchgeführt hatte. Es dauerte nicht lange, bis der Hotelier mit Teekanne, Stövchen, zwei Tassen, Kluntjes und Sahne erschien. Nachdem Mona und er ihre Tassen auf ostfriesische Art gefüllt hatten – erst Kandis, dann Tee, dann Sahne, niemals umrühren – kam er zur Sache: »Du kannst mir ruhig den Namen des Gastes nennen, wegen dem du mir auf die Bude rückst.«

Mona mochte es, wenn jemand nicht um den heißen Brei herumredete. Entsprechend fiel ihre Antwort aus.

»Bernd Kannengießer.«

Cordsen stieß einen langgezogenen Pfiff aus: »Ach, *dieser* Gast.«

»Du hast schon etwas über ihn gehört!«, sagte die Kommissarin ihm auf den Kopf zu. Cordsen atmete tief durch, dann nickte er.

»Gewissermaßen, Mona. Ich schnappte einige Gesprächsfetzen anderer Urlauber auf, die ebenfalls aus dem Rheinland stammen.

Sie glaubten, Kannengießer nach irgendwelchen Enthüllungen in den sozialen Medien wiedererkannt zu haben, es war auch von einem oder sogar mehreren Mordermittlungen die Rede. Aber wenn dieser Mann so gefährlich wäre, dann würde er schon hinter Gittern sitzen, oder?«

Die Kommissarin musste sich nicht fragen, warum so viele Informationen über Kannengießer kursierten. Im Gegensatz zur Justiz war im Internet die Unschuldsvermutung nicht allzu populär – wenn jemand erst einmal beschuldigt wurde, glaubte jeder Tastatur-Trottel sich eine Meinung über die Person bilden zu können, vorzugsweise ohne objektives Wissen. Kannengießer schien nach momentanem Kenntnisstand tatsächlich Untaten begangen zu haben, aber es gerieten auch genügend Unschuldige ins Visier des digitalen Mobs.

Cordsens Frage stand immer noch im Raum, aber nun geschah etwas Unerwartetes. Ein großer breitschultriger Mann in heller Freizeithose und rotem Polohemd einer Nobelmarke kam auf der Treppe aus dem ersten Stockwerk herunter. Es war, als ob er witterte, dass gerade über ihn gesprochen wurde. Er setzte ein unverbindliches Lächeln auf, während er auf den Hotelier und die Kommissarin zusteuerte. Die Tür zwischen Hotelhalle und Lesezimmer war nämlich offen geblieben, weil der Hotelier weiterhin alles im Blick behalten wollte. Dadurch waren allerdings auch er und die Kommissarin von der Treppe aus zu sehen.

»Das ist Herr Kannengießer«, stieß Cordsen leise zwischen zusammengebissenen Zähnen hervor.

Was du nicht sagst!, dachte Mona. Noch vor kurzem hatte sie vermutet, aufgrund des Zeitungsbildes den Verdächtigen erkennen zu können. Und nun stand er ihr höchstpersönlich gegenüber. Das Foto hatte allerdings nicht die Aura von Gefahr wiedergeben können, von der dieser Mann umgeben war. Die Kriminalistin spürte diese Ausstrahlung jedenfalls genau. Und sie hörte im Zweifelsfall immer eher auf ihr Bauchgefühl als auf kühle Überlegung.

»Herr Cordsen, ich wollte Ihnen einfach nur meine Anerkennung für Ihr wunderbares Hotel aussprechen«, sagte Kannengießer mit seiner Reibeisenstimme. Gleichzeitig wurde sein Lächeln zu einem wölfischen Grinsen, als er fortfuhr: »Außerdem hatte ich gehofft, dass Sie mir diese bezaubernde junge Dame vorstellen.«

Das kannst du haben!, ging es Mona durch den Kopf. Und bevor der Hotelier seinem Gast etwas entgegnen konnte, legte sie los: »Moin, ich bin Kommissarin Sander von der Polizei Borkum. Ob ich ›bezaubernd‹ bin – auf diese Frage gibt es unterschiedliche Antworten. Fest steht, dass ich momentan krankgeschrieben bin – ich habe eins über die Rübe bekommen, sozusagen Berufsrisiko. Aber am Ende siegt die Gerechtigkeit ja doch immer. Und übrigens bin ich glücklich verheiratet.«

Mona hielt ihre Hand hoch und präsentierte ihren Ehering. Am liebsten hätte sie dem Barbesitzer einfach nur den Mittelfinger gezeigt, aber sie wollte den Bogen nicht überspannen. Er wirkte auf jeden Fall überrascht, vermutlich hatte er eine solche Ansage nicht erwartet.

»Es war nicht meine Absicht, Ihnen zu nahe zu treten, Frau … Sander. Nehmen Sie meine Worte einfach als ein Kompliment, das war nämlich meine Absicht. Ich wünsche noch einen schönen Tag.«

Der dreifach Mordverdächtige deutete eine Verbeugung an, wandte sich von den beiden ab und schlenderte durch den Hauptausgang davon. Mona öffnete den Mund erst wieder, als Kannengießer nicht mehr zu sehen war: »Ich habe deine Frage nicht vergessen, Dirk. Ob Kannengießer ein Risiko darstellt? Ich weiß es nicht, aber wir werden ihn im Auge behalten.«

Cordsen wirkte halbwegs beruhigt: »Über Herrn Kannengießer als Hotelgast kann ich jedenfalls nichts Negatives sagen. Er benimmt sich respektvoll und umgänglich dem Personal gegenüber, und wegen des weiblichen Übernachtungsgastes hat er schon im Vorfeld Bescheid gesagt. Er hatte zwar ein Doppelzimmer zur Alleinnutzung gebucht, aber da sind wir flexibel. Der Gast wird natürlich auch für die Dame zahlen …«

Mona war ganz Ohr: »Hast du diese Frau zu sehen bekommen, Dirk?«

Er nickte und gab unaufgefordert eine gute Personenbeschreibung von Kannengießers ›Begleiterin‹ ab. Die Kommissarin spürte, wie sich ihr Puls beschleunigte. Der Hotelier sprach von einer Frau, bei der es sich um Ulrike Klose handeln konnte!

Kapitel 6

»Fühlst du dich nicht gut, Mona?«, fragte Cordsen besorgt. »Du siehst aus, als ob du einen Schlag in die Magengrube bekommen hättest.«

»Unsinn, es ging mir schon lange nicht mehr so gut wie jetzt gerade«, beteuerte die Kommissarin. Sie wusste, dass sie sich auf die Angaben des Hoteliers verlassen konnte. Er hatte keinen Grund, sie anzulügen. Ganz abgesehen davon fürchtete er sich zu sehr vor ihr – er hätte es nie gewagt, sie zu veräppeln. Im Lauf der Jahre war Cordsen schon mehrfach Zeuge ihrer berüchtigten Temperamentsausbrüche geworden. Er legte sicher keinen Wert darauf, dies noch einmal zu erleben.

Theoretisch konnte man sich natürlich vorstellen, dass Kannengießers ›Damenbekanntschaft‹ eine andere Frau war, die Ulrike Klose einfach nur ähnelte. Aber an solche Zufälle glaubte die Kriminalistin nicht. Sie stand aus dem Clubsessel auf und warf einen Blick in den großen gerahmten Spiegel, der in dem Lesezimmer hing: »Zugegeben, ich bin ein bisschen blass um die Nase herum. Keine Sorge, ich werde schon nicht umkippen. Und falls doch, dann wirst du bestimmt gern Mund-zu-Mund-Beatmung bei mir vornehmen, oder?«

Der Hotelier bekam rote Ohren und senkte den Blick: »Also wirklich, ich ...«

»Scherz beiseite – ich will von dir jetzt alle Einzelheiten zu diesem weiblichen Übernachtungsgast erfahren«, betonte Mona. Sie fügte hinzu: »Fangen wir doch mit den Eckdaten an. Wann hat Kannengießer verlauten lassen, dass er noch eine weitere Person erwartet?«

Cordsen überlegte kurz und antwortete: »Das war am 4. August abends. Das weiß ich, weil ich selbst gerade an der Rezeption war und mit meiner Angestellten gesprochen habe. Kannengießer kam zu uns und fragte, ob es ein Problem wäre, wenn eine Dame bei ihm übernachten würde. Wie gesagt, er hat ohnehin ein Doppelzimmer zur Alleinnutzung gebucht. Er wollte die Mehrkosten tragen, auch für das zusätzliche Frühstück. Darauf musste ich auch bestehen, denn ...«

Die Kommissarin fiel ihm ungeduldig ins Wort: »Ich weiß, das Frühstück im *Teutonia* ist legendär. Jan und ich werden es uns demnächst auch mal wieder gönnen. Aber momentan ist es wichtig, dass du dich an die ungefähre Uhrzeit erinnerst, Dirk.«

Das vielseitige und reichhaltige Frühstücksbuffet im *Hotel Teutonia* stand eigentlich nur den Gästen zur Verfügung, konnte aber auf Vorbestellung auch von Auswärtigen gebucht werden. Der Speiseraum mit Blick auf den Strand und die Nordsee glich eher einem kleinen Ballsaal. Es war gut vorstellbar, dass hier in früheren Jahrhunderten betuchte Urlauber in Abendgarderobe das Tanzbein geschwungen hatten.

»Ich meine, dass es schon fast 21 Uhr war«, murmelte Cordsen nachdenklich. »Ich habe mich nämlich gefragt, ob die Bekannte meines Gastes erst an dem Tag angereist wäre. Aber wie du weißt, laufen die letzten Fähren schon am späten Nachmittag im Hafen ein. Oder ist sie spontan mit dem Inselflieger gekommen? Ich behaupte, dass weder die eine noch die andere Möglichkeit infrage kommen.«

»Aus welchem Grund?«

»Als eine knappe halbe Stunde später die Dame das Hotel betrat, hatte sie überhaupt kein Gepäck dabei, nur ihre Handtasche«, berichtete Cordsen mit sichtlichem Stolz auf seine Beobachtung. »Das heißt für mich, dass sie irgendwo anders auf Borkum wohnt.«

»Gut kombiniert«, lobte Mona. »Wenn du irgendwann einmal die Branche wechseln möchtest, kannst du dich als Detektiv versuchen. – Nun schau nicht so bedröppelt, das war ein Kompliment!«

»Über solche Dinge macht man keine Witze«, meinte der Hotelier. »Wir Cordsens sind nun schon in dritter Generation im Gastgewerbe tätig, und Habbo soll einst in meine Fußstapfen treten.«

Mona wusste, dass Cordsen einen Sohn hatte, der auf dem Festland ein Internat besuchte und nur in den Schulferien auf die Insel zurückkehrte. Generell galten auf Borkum die Traditionen noch etwas, und viele Einheimische übernahmen das Geschäft ihrer Eltern. Ausgenommen davon war der Walfang, der in früheren Jahrhunderte dem Eiland einerseits Reichtum beschert, es andererseits aber auch zu einer Insel der Witwen gemacht hatte. Viele Walfänger waren damals ›auf See geblieben‹ – eine beschönigende Umschreibung für elendes Ersaufen im Polarmeer. Heutzutage hatten Fangverbote diesen Broterwerb auf Borkum gänzlich zum Erliegen gebracht, aber aufmerksame Besucher fanden überall auf der Insel noch Relikte dieses ›goldenen Zeitalters‹. Dies führte Mona sich vor Augen, während sie erneut aufstand.

»Du bist mit Herzblut Hotelier, ich kann mir dich in keinem anderen Beruf vorstellen«, versicherte sie. »Eine Frage habe ich noch: Ist dir bekannt, wie lange die Dame bei Kannengießer blieb? Und – hast du ihren Namen aufgeschnappt?«

»Mit dem Namen kann ich nicht dienen«, bedauerte Cordsen. »Das Zimmer wurde ja von Herrn Kannengießer gebucht und bezahlt. Gesehen habe ich sie zuletzt am 5. August, als sie nach dem Frühstück das Hotel verlassen hat. Wenn sie danach noch einmal hierher zurückgekehrt ist, dann ist es mir entgangen.«

Mona klopfte ihm auf die Schulter: »Du hast unsere Ermittlungen in einem Mordfall entscheidend vorangebracht, Dirk. Tust du mir einen Gefallen und gibst morgen deine Aussage auf der Wache schriftlich zu Protokoll? Und wenn dich jemand fragt – *Enno* war bei dir und hat sich nach Kannengießer erkundigt. Ich bin ja krankgeschrieben und darf offiziell noch gar nicht wieder arbeiten.«

»Ich soll also lügen?«

»Wahrscheinlich wird das gar nicht nötig sein. Ich werde Enno gleich deinen morgigen Besuch ankündigen. Ich muss los, wir sehen uns später!«

Mit diesen Worten stiefelte die Kriminalistin los. Sie hatte keinen Grund, an Cordsens Darstellung zu zweifeln. *Althoff hat um 20 Uhr das Ferienhaus verlassen,* machte sie sich bewusst. Eine Stunde später war Ulrike Klose zu Kannengießer gegangen – warum? Ging es ihr nur um eine Liebesnacht oder um mehr? Und – wusste sie, dass Althoff niemals zurückkehren würde? Aber wenn Kannengießer die Nacht mit dieser Frau verbracht hatte, konnten beide ein Alibi vorweisen. Das *Hotel Teutonia* gehörte zu den Beherbergungsbetrieben, die sich immer noch einen Nachtportier leisteten. Er hätte bemerkt, wenn jemand zwischen 22 Uhr und dem Morgengrauen aus dem Gebäude gegangen wäre. Mona musste jetzt dringend mit ihrem Kollegen Kontakt aufnehmen.

Nachdem sie das Hotel verlassen hatte, ging sie zur Promenade hinunter. Sie brauchte jetzt eine Umgebung, in der sie ungestört mit Enno reden konnte. Auf der Wache ging es aus naheliegenden Gründen nicht, und bis zu ihrem Haus in der Grönlandstrate war es der Kommissarin momentan zu weit. Außerdem wusste sie nicht, wo ihr Kollege sich gerade aufhielt. Aber das ließ sich ja ändern. Sie betrat die Promenade, die bevorzugte Spaziermeile aller Borkum-Besucher. Sie lehnte sich gegen eine Außenmauer der Musikkuppel und rief Enno an.

»Ja, Mona?«

»Hast du gerade Zeit? Es gibt Neuigkeiten zu deinem Fall, die ich dir umgehend mitteilen muss.«

»Ich hatte schon geahnt, dass du dich mit Haut und Haaren in die Ermittlungen verbeißen würdest«, meinte er mit einer Mischung aus Tadel und Amüsement. »Wenn du nicht aufpasst, liegst du bald wieder auf der Nase.«

Bei jedem Anderen – außer vielleicht Jan – hätte Mona sich verbeten, ungefragt Gesundheitsratschläge zu bekommen. Sie konnte sehr dickköpfig sein. Doch bei Enno wusste sie, dass er es wirklich gut meinte und ernsthaft um ihr Wohlbefinden besorgt war. Daher fiel ihre Erwiderung sanft aus: »Ich schone mich, jedenfalls im Rahmen meiner Möglichkeiten. Du weißt, wie ich bin. Ich kann nicht nur daheimsitzen und Rufus den Bauch kraulen. Solange der Täter frei herumläuft, werde ich schlecht schlafen. Und *das* ist garantiert nicht gut für mich!«

»Du lässt dir ja sowieso keine Vorschriften machen«, stellte Enno fest und ergänzte: »Ich habe den Wagen bei mir, könnte also schnell jedes Ziel auf der Insel erreichen.«

»Gut, dann treffen wir uns in ein paar Minuten bei *Geeske*. Ich such uns schon mal einen guten Platz.«

Mona beendete das kurze Telefonat und steuerte auf das beliebte urige Lokal zu, das sich unmittelbar vor ihr befand – und dessen korrekter Name *Geeske & der swarte Roelf* lautete. Sie mochte die Atmosphäre; das viele Holz, die warmen Farben und die Korblampen vermittelten Gemütlichkeit. Die Kommissarin entschied sich angesichts des schönen Wetters für einen Tisch im Außenbereich. Er stand etwas abseits von den anderen, so dass ihr Gedankenaustausch mit Enno nicht belauscht werden konnte. Sie bestellte sich einen alkoholfreien Cocktail. Mona hätte auch gut etwas Hochprozentiges vertragen können, aber angesichts der Schmerzmittel in ihrem Blutkreislauf wäre das ziemlich bescheuert gewesen. Die Wärme dieses Augusttages in Kombination mit dem Gespräch, das sie vor kurzem geführt hatte, ließen ihre Zunge austrocknen. Sie hatte das Cocktailglas schon halb geleert, als ihr

Kollege erschien. Er warf ihr einen prüfenden Blick zu, während er sich setzte.

»Ich bin stocknüchtern, das hier ist ein *Virgin Sunrise*!«, beteuerte sie. »Du kannst gern eine Alkoholprobe durchführen, wenn du gerade ein Test-Kit dabei hast.«

Enno hob abwehrend die Handflächen: »Ich glaube nicht, dass du blau bist. Vielmehr scheint es, als hättest du einen Clown gefrühstückt.«

»Ich bin wirklich etwas übermütig, weil ich der Wahrheit gewiss ein Stück weit näher gekommen bin«, sagte sie einleitend. Dann begann die Kommissarin, ihn auf den neuesten Stand zu bringen.

»Ich habe heute eine interessante Herrenbekanntschaft gemacht«, berichtete sie. »Es handelt sich um Bernd Kannengießer, und ich konnte gar nicht vermeiden, ihm zu begegnen. Ich saß mit Dirk Cordsen beim Tee zusammen, wir haben einfach nur geplaudert.«

»Jetzt bin ich doppelt und dreifach gespannt, was für ein Mann das ist.«

Mona erzählte, was sie über den Verdächtigen in Erfahrung hatte bringen können.

Zwischendurch holte Enno sich ein Mineralwasser, denn auch er war durstig. Als sie mit ihrem Bericht fertig war, hakte der Oberkommissar nach: »Woher weißt du über die Ermittlungen gegen Kannengießer Bescheid?«

»Ich habe eine zuverlässige Quelle, nämlich eine Kölner Kollegin. Erinnerst du dich noch an Carina Brahms? Sie war sehr hilfreich. Tatsache ist: Althoff hat Kannengießer durch seine Aussage belastet, auch wenn es der Staatsanwaltschaft für eine Anklage nicht gereicht hat. Wir wissen nicht, ob der mutmaßliche Dreifachmörder Althoffs Identität herausgefunden hat. Die Vermutung liegt nahe, denn zufällig sind beide Männer bestimmt nicht gleichzeitig auf Borkum.«

»Und auch einiges andere ist höchst widersprüchlich«, stellte Enno fest. Er fuhr fort: »Ulrike Klose hat also gelogen, sie ist nicht allein im Ferienhaus geblieben. Stattdessen hat sie Kannengießer im Hotel aufgesucht – bestimmt nicht, um mit ihm Halma zu spielen. Ist sie Kannengießers Geliebte? Auf jeden Fall können sich die beiden Personen gegenseitig ein Alibi für die Tatzeit geben.«

»Das kann man von mir nicht behaupten«, musste Mona seufzend zugeben.

»Lass uns zunächst bei dem Paar Udo Althoff und Ulrike Klose bleiben«, schlug Enno vor. »Hat er seine Freundin angelogen, als er die Geschichte mit dem Ex-Chef und dem Arbeitsgericht erfunden hat? Oder ist dies vielmehr eine Lüge von Ulrike Klose, die sie uns aufgetischt hat – damit wir nicht bemerken sollen, wie reich ihr Freund wirklich war?«

»Ich sehe keinen Sinn darin, die wahren Vermögensverhältnisse zu verschleiern«, meinte die Kommissarin schulterzuckend. Ihr Kollege hob den rechten Zeigefinger: »Es sei denn, Althoffs Reichtum würde uns direkt auf den Täter bringen – und Ulrike Klose wollte uns von ihm ablenken.«

»Früher oder später wäre sowieso herausgekommen, wie es wirklich um Althoff stand – aber vielleicht will die Dame auch nur Zeit gewinnen«, erwiderte Mona. Sie fügte hinzu: »Tatsache ist: Vor seinem Tod hatte er eine Pistole bei sich. Ob er wirklich vor etwas oder jemandem Angst hatte, wissen wir nicht. Da müssen wir uns auf Ulrike Kloses Aussage verlassen, und die Dame hat schon einmal gelogen. Aber die Schusswaffe lässt sich nicht wegdiskutieren. Vielleicht wollte Althoff die Pistole gar nicht zur Verteidigung, sondern zum Angriff einsetzen. Und sein Widersacher ist ihm einfach zuvorgekommen.«

Enno sagte: »Ja, das ist denkbar. Ich habe übrigens die Einzelverbindungsnachweise seines Smartphones angefordert. In Althoffs Gerät hat jemand die Gesprächsliste gelöscht – entweder er selbst oder der Täter.«

Es entstand eine kurze Gesprächspause. Mona trank ihren Cocktail aus und schaute verträumt Richtung Horizont, wo sich schon pfirsichfarbene Wolken ballten. Der Sonnenuntergang kündigte sich an, obwohl er im August erst gegen 22 Uhr einsetzte. Dann sagte der Oberkommissar: »Das Beste habe ich dir noch gar nicht erzählt: Wir konnten dein Fahrrad sicherstellen.«

Monas Herz machte vor Freude einen Hüpfer.

»Wirklich? Und – bringt diese Spur die Mordermittlung voran?«

»Das bezweifle ich«, bremste ihr Kollege sie. »Es sei denn, du traust Freerk Timpe ein Tötungsdelikt zu.«

Die Kommissarin fasste sich an die Stirn: »Oh, nein! Hat dieser Unglücksrabe etwa mein Rad geklaut?«

»Leider deutet alles darauf hin.«

Freerk Timpe war ein Schmalspurganove, der dank seiner Tolpatschigkeit und seines mangelnden kriminellen Talents immer wieder mit der Polizei Bekanntschaft machte. Immerhin hatte er Mona bei ihrer Hochzeit mit einem wichtigen Tipp dabei geholfen, das Rätsel um den toten Bäcker aufzuklären. Leider besaß er ein großes Talent dafür, sich immer wieder in Schwierigkeiten zu bringen. Während diese Überlegung durch Monas Gehirn spukte, fuhr Enno fort: »Grietje hatte die Idee, in den Online-Kleinanzeigenportalen nach deinem Rad Ausschau zu halten. Und prompt stieß sie auf ein Bild, das Freerk im Schuppen seiner Tante gemacht hat – und auf dem dein Rad zu sehen ist.«

Die Polizisten auf Borkum kannten diesen Holzverhau, weil jeder von ihnen dort schon mindestens einmal nach Diebesgut Ausschau gehalten hatte – und meist fündig geworden war. Auch Mona hatte in dem Schuppen höchstpersönlich vor einigen Jahren zehn Dosen mit Schmieröl beschlagnahmt, die auf einem Schiff im Hafen abhandengekommen waren.

»Dass Freerk Timpe mit Althoffs Mörder unter einer Decke steckt oder die Tat sogar selbst begangen hat, erscheint mir unwahrscheinlich«, gab sie zu. »Aber aufgrund seiner Vorstrafen wirst du wohl um ein Verhör mit ihm nicht herumkommen. Wie schade, dass ich nicht dabei sein darf. Ich würde ihm gründlich den Kopf waschen, das kannst du mir glauben! Freerk hat bestimmt gewusst, dass es sich um mein Fahrrad handelt.«

»Vielleicht erweist sich das sogar als Vorteil«, vermutete Enno. Sie warf ihm einen verständnislosen Blick zu: »Das musst du mir näher erklären.«

»Wir beide wissen, wie Freerk tickt, Mona. Er ist nicht besonders hell im Kopf – und außerdem neigt er dazu, erst zu handeln und dann nachzudenken. Ich stelle es mir so vor: Er klaut dein Rad, eine spontane und ungeplante Aktion. Inzwischen wird er es bereuen – nicht nur, weil er schon wieder Ärger mit der Polizei bekommt. Sondern auch, weil er dich eigentlich mag.«

»Und er zeigt mir seine Zuneigung, indem er mein Eigentum mitgehen lässt?«, fragte die Kommissarin lächelnd. Ihr Kollege nahm einen Schluck Mineralwasser: »Das beruht doch auf Gegenseitigkeit. Welche andere Polizistin würde einen notorischen Kleinkriminellen zu ihrer Hochzeit einladen? Aber du hast es getan, und Freerk rechnet es dir hoch an. Das glaube ich jedenfalls.«

Dank seiner großen Lebenserfahrung lag der Oberkommissar mit seinen Vermutungen meistens richtig. Davon konnte Mona schon oft profitieren. Sie fragte: »Wann willst du Freerk vernehmen?«

»Ich habe ihn für morgen Vormittag 9 Uhr auf die Wache vorgeladen.«

»Befürchtest du nicht, dass er abhauen könnte?«, gab die Kommissarin zu bedenken. »Hat er die *Loretta* noch?«

So hieß ein Boot, das dem Kriminellen gehörte und im Borkumer Hafen lag.

»Er ist ein Tunichtgut, aber er lässt seine alte Tante nicht im Stich«, war Enno überzeugt. »Und es würde mich wundern, wenn die *Loretta* überhaupt noch seetüchtig wäre. Der Kahn säuft garantiert ab, noch bevor Freerk Schiermonnikoog oder das Festland erreicht hat.«

Mona lachte und kniff ihrem Kollegen spielerisch in die Wange: »Gib es zu, du magst Freerk auch!«

»Ich habe nie behauptet, dass ich etwas gegen ihn hätte«, stellte der Oberkommissar klar. »Ich finde, man kann mit Freerk gut auskommen. Trotzdem werde ich ihn immer wieder verhaften, wenn er gegen Gesetze verstößt.«

»Das geht mir genauso«, sagte Mona und gähnte verhalten. Es war noch gar nicht so spät, aber der Tag hatte sie sehr angestrengt.

»Wir praktisch, dass ich den Wagen dabeihabe. Dann kann ich dich ja jetzt nach Hause kutschieren.«

Enno fragte nicht, ob Mona schon heimwollte – er machte eine klare Ansage. Und sie war ausnahmsweise vernünftig und gab nach. Als die Kommissarin wenig später auf dem Beifahrersitz Platz genommen hatte, wurde sie endgültig von einer warmen weichen Welle der Erschöpfung überrollt. Mona schlief tief und fest. Sie merkte gar nicht, wie Enno sie vorsichtig hochhob und ins Haus trug.

Kapitel 7

Als Mona gegen 9 Uhr morgens die Augen aufschlug, bemerkte sie sofort zwei Dinge: Jan lag neben ihr, und ihre Kopfschmerzen hatten spürbar nachgelassen. Beides war zweifellos sehr erfreulich. Leider konnte die Kriminalistin sich nicht daran erinnern, wie sie überhaupt in ihr Bett gekommen war. Sie erschrak und glaubte wenige Sekunden lang, dass der Gedächtnisverlust sich erneut eingestellt hatte. Doch das war zum Glück nicht der Fall. Ihr fiel das Gespräch mit Enno bei *Geeske* wieder ein, und dass ihr Kollege sie heimgefahren hatte – wobei ihr schon im Auto die Augen zugefallen waren. *Und wer hat mich ausgezogen?,* dachte die Kommissarin errötend, denn sie trug jetzt ein Nachthemd. Jan ganz gewiss nicht, denn er war zu so früher Abendstunde noch in seinem Lokal beschäftigt.

Bevor sie sich über diesen Punkt weiter den Kopf zerbrechen konnte, klingelte das Festnetztelefon in der Küche. Sie flitzte dorthin, nahm den Hörer ab und meldete sich mit ihrem Namen. Grietje war am Apparat.

»Moin, wie geht es dir?«, trompetete die Polizeimeisterin. Es kam eher selten vor, dass sie so kurz nach Dienstbeginn schon gute Laune hatte. Es musste etwas Besonderes vorgefallen sein.

»Dafür, dass ich als offiziell Krankgeschriebene eigentlich ausschlafen könnte, werde ich schon ziemlich früh aus den Federn geklingelt«, gab Mona gereizt zurück. Sie wollte Grietje eigentlich gar nicht anpflaumen; sie fand es einfach nach wie vor ärgerlich, dass sie nicht ermitteln durfte – schließlich hatte sie die Leiche ja auch gefunden.

»Entschuldige die Störung – ich dachte, dass dich Althoffs Todesursache interessieren würde, es war nämlich keine Schnittverletzung. Aber wenn du dich jetzt lieber wieder hinlegen willst ...«

Nun war die Kriminalistin endgültig hellwach.

»Lass den Unsinn, Grietje. Also habt ihr jetzt die Obduktionsergebnisse?«

»Erraten, Mona. Ich soll dir von Enno ausrichten, dass Althoff vergiftet wurde. Die genaue Analyse läuft noch, es ist wohl nicht so ganz eindeutig, was für eine Substanz es genau war. Und wegen der Schnittverletzung am Hals, dort wurde nur die oberste Hautschicht durchtrennt. Das muss für Althoff nicht lebensbedrohlich gewesen sein. Offenbar sollte nur der Eindruck erweckt werden, dass die Kehle durchschnitten war.«

Ich bin jedenfalls darauf hereingefallen, dachte die Ermittlerin grimmig. Doch ihre Laune besserte sich schlagartig, als sie genauer über die Neuigkeit nachdachte: Also hatte der Mörder ihr das Messer in die Hand gedrückt, um von sich selbst abzulenken. Bei einem oberflächlichen Schnitt hätte Althoff niemals so stark geblutet. Ob das Blut auf Monas T-Shirt wirklich hauptsächlich aus ihrer eigenen Kopfwunde stammte? Sie musste unbedingt mit ihrem Chef sprechen. Wenn der Tötungsverdacht gegen sie vom Tisch war, dann konnte Oltbeck ihr eine Mitwirkung an den Ermittlungen schlecht verwehren. Dann kam es nur noch darauf an, Dr. Siemers von ihrer Gesundung zu überzeugen.

Mona sagte: »Ich komme gleich mal zur Dienststelle, Grietje!« Und bevor die Polizeimeisterin etwas erwidern konnte, beendete sie das Telefonat und ging ins Schlafzimmer zurück. Jan pennte weiterhin tief und fest. Da er meist erst lange nach Mitternacht von der *Nordsee Kajüte* heimkam, schlief er oft den halben Vormittag lang. Mona wollte ihn nicht stören. Sie nahm sich ihr altes Handy aus der Nachttischschublade. Zum Glück war der Akku noch aufgeladen.

Plötzlich hörte sie jemanden in der Küche rumoren. Ihr Puls beschleunigte sich. Sie und ihr Mann wohnten allein in dem kleinen Friesenhaus. Wer machte sich also dort zu schaffen? Das Schlafzimmer befand sich im ersten Stockwerk. Mona schlich barfuß zur Treppe, wobei sie kaum Geräusche verursachte. Ihr Blick fiel auf den Golfsack, der in der Ecke stand. Es handelte sich um ein Erbstück. Jan wusste gar nicht genau, welcher seiner Vorfahren einmal diesen Sport ausgeübt hatte. Oder auf welchen anderen Wegen die Ausrüstung in den Besitz der Familie gelangt war. In diesem Moment kam Mona Jans Unfähigkeit, sich von Erinnerungsstücken zu trennen, sehr zugute. Sie zog einen Golfschläger aus dem Beutel. Mit dieser improvisierten Waffe in den Händen eilte sie die Treppe hinunter und stürmte in die Küche. Bei einem Kampf war das Überraschungsmoment oft wichtiger als körperliche Kraft. Diese Erfahrung hatte sie schon oft gemacht. Aber nun stand kein Krimineller, sondern ihre Nachbarin Lisa Suttrup vor ihr – und erschrak angesichts von Monas Auftritt.

Immerhin konnte sich die Kommissarin noch rechtzeitig bremsen, bevor sie mit dem Eisen zuschlug. Nun fiel ihr auch wieder ein, dass Lisa zwar nicht bei ihnen wohnte – aber sehr wohl einen Schlüssel hatte. Immerhin kümmerte sie sich tagsüber oft um Rufus.

»Hast du mich erschreckt, Mona!«, rief Lisa. Die dunkelblonde Nachbarin war eine Handbreit größer und zwei oder drei Jahre älter als die Kommissarin. Sie arbeitete im Home Office und erledigte die Buchhaltung für mehrere Handwerker und kleine Firmen. Dadurch fand sie genügend Zeit für ihre Kinder und Tiere.

»Sorry, ich bin noch nicht so ganz wach. Als ich Geräusche in der Küche hörte, hatte ich an Einbrecher gedacht.«

»Gestern Abend warst du so hundemüde, dass ich dir kaum die Klamotten vom Leib ziehen konnte«, meinte Lisa schmunzelnd.

»Du – hast mich ins Bett gesteckt?«, vergewisserte Mona sich.

»Klar, deshalb hat Enno mich nämlich herausgeklingelt. Er meinte, das sollte doch besser eine Frau machen. Dein Kollege ist so ein Gentleman – aber die besten Kerle sind leider schon alle verheiratet.«

Lisa Suttrup war vor Jahren von ihrem Lebenspartner mit den Kindern sitzengelassen worden, weshalb Gespräche über Männer mit ihr meist in eine negative Richtung abdrifteten. Aber immerhin hatte die Nachbarin eine gute Meinung von Jan und Enno.

»Dein Kollege hat mich übrigens vorhin angerufen und gebeten, für dich schon mal das Frühstück vorzubereiten. Er geht davon aus, dass du heute noch zur Wache willst. Bist du denn schon wieder auf dem Damm? Gestern hast du auf mich noch ziemlich angeschlagen gewirkt«, sagte Lisa.

Natürlich hatte der Oberkommissar kommen sehen, was Grietjes Information bei Mona bewirken würde. Manchmal war es schon fast unheimlich, wie er die zukünftigen Reaktionen seiner Mitmenschen einschätzte. Sie war heilfroh, dass er auf der richtigen Seite des Gesetzes stand. Als Verbrecher wäre Enno ein furchteinflößender Gegner, daran gab es für sie keinen Zweifel.

»Ich muss mit meinem Vorgesetzten etwas klären«, sagte Mona.

»Und wenn Enno dich schon mit dem Frühstück beauftragt hat, dann sollst du garantiert auch kontrollieren, ob ich etwas zu mir nehme.«

»Wahrscheinlich ist er einfach nur besorgt um dich«, meinte Lisa, während sie Tee aufgoss. »Wie möchtest du dein Frühstücksei?«

»Hartgekocht, bitte. Ich weiß selbst, dass meine Verletzungen noch nicht auskuriert sind. Aber auf Borkum ist ein schlimmer Mord geschehen, das wird sich inzwischen herumgesprochen haben. Da muss mit Hochdruck ermittelt werden, die ersten 48 Stunden nach der Tat können entscheidend sein. Ich weiß nicht, ob du mitbekommen hast, dass ich im Zusammenhang mit der Tat verletzt wurde. Daher ist natürlich auch mein persönliches Interesse sehr stark.«

»Das verstehe ich, Mona. Für mich wäre dein Beruf nichts, das würden meine Nerven überhaupt nicht mitmachen.«

Die Kommissarin hatte am Küchentisch Platz genommen. Nachdem die Anspannung wegen eines möglichen Einbrechers von ihr abgefallen war, machte sich doch ein gewisser Appetit bemerkbar. Sie genehmigte sich einen Toast mit Käse und einen mit Marmelade, außerdem noch das harte Ei und einen Joghurt. Das Essen spülte sie mit reichlich Tee herunter – für Monas Verhältnisse war das schon ein fürstliches Frühstück. Sie stand auf: »Danke, Lisa. Ich schlage vor, dass du ein Beweisfoto von meinem leeren Teller an meinen Kollegen schickst!«

Die Nachbarin lachte: »Ich schätze, dass Enno mir auch so vertraut.«

Mona ging wieder hinauf, duschte und zog sich frische Kleidung an: Jeans, eine karierte weite Bluse mit kurzen Ärmeln, dazu weiße Tennisschuhe. Sie steckte ihr schulterlanges Haar hoch, wie sie das bei der Arbeit meistens tat. Dann schnappte sie sich den Zündschlüssel ihres Mannes, gab dem immer noch schlummernden Jan einen Kuss auf die Nase und schrieb ihm einen Zettel: »Ich hab den Wagen, bringe ihn hoffentlich rechtzeitig zurück.«

Während die Kommissarin Richtung Ortszentrum fuhr, ordnete sie ihre Gedanken. Dass sie Althoff verfolgt hatte, musste für den Mörder eine Steilvorlage gewesen sein. Wahrscheinlich war das Opfer in den Dünen zusammengebrochen, als die Wirkung des Gifts einsetzte. Mona war von dem Täter niedergeschlagen worden. Als Nächstes hatte er ein Messer genommen, es kurz über Althoffs Hals gezogen und dadurch eine Blutung verursacht. Nun musste er den Griff nur noch in Monas Hand legen, um ein nicht geschehenes Verbrechen in Szene zu setzen.

Hoffentlich kann Oltbeck meinem Gedankengang folgen, hoffte sie beim Betreten des Dienstgebäudes. Mona kam diesmal von der Hofseite, weil sie angesichts ihrer inneren Anspannung keinen Nerv für Grietjes Sprüche hatte. Sie atmete durch, klopfte kurz und betrat das Chefbüro.

Oltbeck wirkte so verblüfft, als ob der Papst hereingekommen wäre: »Frau Sander, was machen Sie hier? Sie sollen sich doch auskurieren.«

Sie ging nicht auf seine Bemerkung ein, sondern setzte sich ungefragt auf einen der beiden Besucherstühle vor dem Schreibtisch des Dienststellenleiters. Ihr Motto lautete: Frechheit siegt.

»Wie ich höre, gibt es neue Erkenntnisse zum Fall Althoff«, begann Mona. Oltbeck seufzte theatralisch: »Ich hätte wissen müssen, dass Herr Moll Ihnen gegenüber nicht dichthalten würde.«

»Machen Sie meinem Kollegen keinen Vorwurf! Es ist doch gut, dass ich entlastet wurde – so können Sie nicht nur eine Verdächtige von der Liste streichen, sondern mich auch wieder als Ermittlerin auf den Fall ansetzen.«

Der Chef schüttelte heftig den Kopf.

»So weit sind wir noch lange nicht! Zugegeben, der Schnitt war nicht tödlich. Aber ...«, begann er. Die Kommissarin beugte sich vor und schaute ihm direkt in die Augen: »Glauben Sie, ich hätte Althoff auch das Gift eingetrichtert?«

»Davon wissen Sie also auch schon? Nun ja, als bei der Obduktion der Mageninhalt untersucht wurde, konnten Reste von Tintenfisch nachgewiesen werden. Diesen muss er einige Zeit vor seinem Tod zu sich genommen haben, irgendwann zwischen 20 Uhr und Mitternacht.«

»Dann bin ich endgültig entlastet, wegen meiner mangelnden Kochkünste«, scherzte Mona, wurde aber gleich wieder ernst: »Tintenfisch ist eine Zutat, die in nicht vielen Borkumer Restaurants zum Einsatz kommt. Wenn wir die entsprechenden Lokale abklappern, werden wir schnell herausfinden, mit wem Althoff vor seinem Tod gespeist hat.«

»Ja, damit soll Herr Moll sich befassen, sobald das Verhör mit Ulrike Klose beendet ist«, gab Oltbeck zurück. »Ihr Kollege hat heute Morgen erst Freerk Timpe befragt und gleich darauf diese Zeugin vorgeladen.«

»Und bis er das erledigt hat, vergeht wertvolle Zeit«, unterstrich Mona. »Lassen Sie mich bitte diese Spur mit dem Tintenfischgericht verfolgen, Herr Oltbeck. Das ist nicht anstrengend, und es geht mir heute schon so viel besser. Sie jammern doch sonst immer, dass wir zu wenig Kollegen auf der Wache haben. Und nun bietet sich Ihnen die Gelegenheit, eine ausgebildete Kriminalistin einzusetzen!«

Der Chef kniff die Augen zusammen, und sie verfluchte wieder einmal ihr loses Mundwerk. Aber immerhin schien Oltbeck nur zur Hälfte beleidigt und starrköpfig zu sein. Er sagte: »Ich neige nicht zur Jammerei, das muss ich mir verbitten. – Also gut, dann überprüfen Sie die Gastronomiebetriebe. Aber zuerst möchte ich ein ärztliches Attest sehen, dass Sie ab sofort wieder diensttauglich sind. Bevor ich das nicht in Händen habe, bleiben Sie krankgeschrieben.«

Kaum hatte der Vorgesetzte diesen Satz ausgesprochen, sprang die Kommissarin auf. »Sie werden schon sehen, dass der Arzt meine Einschätzung teilt! Ich bin bald zurück!«

Mit diesen Worten eilte sie aus dem Büro.

Sie hatte Jans Auto auf dem Hof der Wache geparkt. Zum Glück wussten alle Kollegen, dass es sich um das Fahrzeug ihres Ehemanns handelte. Darum musste sie nicht befürchten, dass es abgeschleppt wurde. Von der Polizeiwache bis zum Krankenhaus war es nicht weit. Sie entschied, die Strecke zu Fuß zurückzulegen.

*

Die Kommissarin fühlte sich tatsächlich viel besser als am Vortag, das war nicht nur eine Behauptung ihrem Vorgesetzten gegenüber gewesen. Jetzt musste sie nur noch den Mediziner überzeugen. Dr. Siemers winkte schon ab, als er sie erblickte: »Ich habe mich laut und deutlich ausgedrückt, Frau Sander. Es ist zu früh, um wieder voll ins Polizistenleben einzusteigen.«

»Ich verkneife mir sämtliche Verfolgungsjagden und Schießereien!«, beteuerte sie und fügte hinzu: »Ich weiß Ihre Umsicht zu schätzen, Herr Doktor. Aber wenn ich nur ein paar Befragungen durchführe und mich ausruhe, falls es mir zu viel wird, dann müsste doch alles glattgehen.«

Dr. Siemers' Gesichtsausdruck war unbeschreiblich. Er kannte Mona lange genug; sie würde ihn so lange nerven, bis er nachgab. Also strich er schon in diesem Moment die Segel. Er war kein Mann, der sich einer resoluten Frau gegenüber durchsetzen konnte.

»Also gut, Sie haben eben eine robuste Gesundheit. Aber versprechen Sie mir, beim kleinsten Anzeichen ...«

»Schon versprochen!«, fiel sie ihm ins Wort. »Stellen Sie mir nur noch ein Attest darüber aus, dass ich wieder dienstfähig bin – dann sind Sie mich für heute los.«

Diese Aussicht schien den jungen glatzköpfigen Arzt zu beflügeln. Er fertigte das Dokument aus und gab es der Kommissarin. Sie warf ihm eine Kusshand zu und sauste zur Wache zurück, wo auch Oltbeck sich geschlagen gab: »Ich möchte jeden Tag von Ihnen und Herrn Moll auf den neuesten Stand der Ermittlungen gebracht werden.«

»Darauf können Sie sich verlassen«, säuselte sie und verschwand, bevor der Chef sich anders entschied. Sie freute sich jetzt auf das offizielle dienstliche Wiedersehen mit Enno. Als sie das gemeinsame Büro betrat, saß er unerschütterlich wie immer an seinem Schreibtisch und trank Tee aus einer dieser Tassen, die in seinen mächtigen Händen wie Puppengeschirr wirkten.

»Du hast mich ab sofort offiziell wieder an der Backe!«, sagte sie. Er lächelte.

»Das freut mich, Mona. Ich habe gerade meine Gedanken schweifen lassen. Dabei kam mir deine spontane Begegnung mit Kannengießer im *Hotel Teutonia* in den Sinn.«

Die Kommissarin hatte schon befürchtet, dass ihr Kollege das Thema noch einmal aufgreifen würde. Beklommen fragte sie:

»Bist du sauer auf mich?«

»Warum sollte ich das sein?«

»Da fragst du noch, Enno? Irgendwie habe ich es schon darauf angelegt, Kannengießer persönlich zu treffen. Die Gefahr bestand in dem Moment, als ich mich in das Hotel begeben habe. Ich hätte ja Dirk Cordsen auch anrufen können, dann wäre ich dem dreifach Mordverdächtigen nicht begegnet.«

»Das habe ich für einen Moment auch gedacht«, räumte Enno ein. »Und ich muss zugeben, dass dein persönlicher Kontakt mit Kannengießer mich kurz aus dem Konzept gebracht hat. Aber erstens kann ich dir nie länger als drei Minuten böse sein, und zweitens ist es gar nicht schlecht, wenn Kannengießer über das polizeiliche Interesse an seiner Person Bescheid weiß. Du hast ihm ja offenbar durch die Blume zu verstehen gegeben, dass wir ihn im Auge behalten werden.«

»Ja, das wird ihm nicht entgangen sein. Aber warum denkst du so über den Verdächtigen?«

Der Oberkommissar erklärte: »Offenbar ist Kannengießer bisher mit drei brutalen Morden straffrei davongekommen. Ich kenne ihn nicht – es ist möglich, dass er weiterhin raffiniert vorgeht und ihm nichts nachzuweisen ist. Aber nun, da wir ihn im Visier haben, fühlt er sich vielleicht unangreifbar. Dann besteht für ihn ein besonderer Reiz darin, weiter Straftaten zu begehen und uns dabei eine lange Nase zu drehen. Und genau deshalb wird er ab jetzt Fehler begehen, da bin ich mir sicher. Du kennst solche Typen: Es ist ihnen beinahe wichtiger, die Polizei zu veräppeln als mit einer fetten Beute in den Sonnenuntergang zu reiten.«

»Der Spruch gefällt mir, den schreib ich in mein Poesiealbum«, gab Mona lässig zurück. Sie war unendlich froh darüber, dass sie bei Enno nicht in Ungnade gefallen war. Einen ehrlicheren Menschen als ihn kannte sie nicht. Wenn er wirklich einen Groll gegen sie hegte, hätte er ihr das gesagt.

»Ich werde mich in der Nachbarschaft des Ferienhauses umhören«, kündigte Enno an. »Ulrike Klose behauptet steif und fest, allein an der Kaapdelle zurückgeblieben zu sein. Vielleicht kann ich ja Zeugen auftreiben, die sie beim Verlassen des Hauses gesehen haben.«

»Und ich werde die Restaurants überprüfen, in denen Tintenfisch serviert wird«, teilte Mona ihm mit. »Allzu viele können es ja nicht sein.«

»Sag das nicht«, warnte Enno. »Selbst im *Knurrhahn* gibt es nicht nur Knurrhahn, sondern beispielsweise auch Calamaris auf Blattsalat.«

Das wusste Mona natürlich auch, schließlich verbrachte sie in dem beliebten Fischimbiss in der Franz-Habich-Straße meistens gemeinsam mit Enno ihre Mittagspause. Wobei manche Gäste aus dem Binnenland erst einmal darüber aufgeklärt werden mussten, dass man unter einem Knurrhahn kein Federvieh, sondern einen in Borkumer Gewässern vorkommenden Fisch verstand.

»Es ist gut, wieder im Einsatz zu sein«, meinte sie beim Hinausgehen. »Wir funken uns an, falls es weitere Neuigkeiten gibt.«

Bevor Mona die Wache verließ, holte sie ihr Funkgerät sowie ihr Pfefferspray und ihre Pistole aus dem Schließfach. Jetzt war wieder ein ganz regulärer Dienst für sie, und angesichts eines frei herumlaufenden dreifachen Mordverdächtigen konnte Umsicht nichts schaden.

Das ist ja nun nicht gerade meine stärkste Charaktereigenschaft, wurde ihr in einem Anfall von Selbstkritik bewusst. Sie begann ihre Suche nach Althoffs Aufenthalt vor seiner Ermordung dann auch folgerichtig im *Knurrhahn.* Das Lokal schloss zwar schon um 20 Uhr, aber Mona wollte sich nicht darauf verlassen, dass Althoff wirklich erst um acht Uhr abends aus dem Haus gegangen war. Wenn er nur eine halbe Stunde früher aufgebrochen wäre, hätte er noch jemanden in dem Imbiss treffen können. Aber das war nicht der Fall; als sie dem Betreiber ein Foto Althoffs vorlegte, sagte das Gesicht des Mordopfers ihm nichts. Mona konnte sich auf seine Beobachtungsgabe verlassen. Sie hatte nicht erwartet, gleich beim ersten Kontakt fündig zu werden.

Sie besuchte noch zwei weitere Restaurants, in denen Tintenfisch serviert wurde. Auch dort konnte sie keine Erfolge verzeichnen. Mona ging nun zu einem griechischen Restaurant namens *Rhodos,* das sich am unteren Ende der Hindenburgstraße – in der Nähe des Inselbahnhofs – befand. Es verfügte auch über einen kleinen Außenbereich, der bei dem schönen Wetter gut besucht war. Gäste saßen unter großen weißen Sonnensegeln und genossen ihr Essen und kühle Getränke. Es roch nach Zaziki und Ouzo, als die Kommissarin eintrat.

»*Kalimera,* Mona!«, begrüßte sie der griechische Wirt Yiannis. Er war ein freundlicher Mann mit dunklen Augen und Halbglatze, den sie noch nie anders als in weißem Hemd und schwarzer Hose gesehen hatte. Sie und Enno waren mit ihm per Du, seit sie den Gastronomen vor einigen Jahren von einem rabiaten Zechpreller befreit hatten.

»Moin, Yiannis«, erwiderte sie. »Ich brauche deine Hilfe. Kannst du dir bitte das Foto anschauen?«

Der Lokalbesitzer musste das Bild nicht lange betrachten: »Ja, dieser Mann war kürzlich mein Gast. Er hat sich hier mit einem anderen Herrn getroffen. Die beiden haben gegessen und sich eine Flasche Wein geteilt.«

Mona wurde vom Jagdfieber gepackt. Sie hakte nach: »Kannst du die andere Person beschreiben?«

»Sein Freund war glattrasiert und blond, mittelgroß mit Bauch. Ein weichlicher Typ, wenn du mich fragst. Er trug ein Hemd mit grünen Streifen und eine hellbraune Baumwollhose, außerdem Sandalen.«

Diese Schilderung passte absolut nicht auf Kannengießer. *Das wäre ja auch zu schön gewesen,* dachte Mona.

»Haben die beiden Männer sich gut verstanden oder gab es Streit?«

»Laut geworden sind sie nicht, Mona. Du weißt, dass ich keinen Ärger in meinem Lokal dulde. Aber ich glaube, sie mochten einander. Jedenfalls hat einer von ihnen später für beide bezahlt – mit Kreditkarte.«

»Den Beleg muss ich unbedingt sehen!«, bat die Kommissarin. Yiannis ging zum Kassentresen und kam wenig später mit einer Quittung zurück, die zu Althoffs Kreditkarte passte. Sie versuchte, sich von diesem kleinen Rückschlag nicht beirren zu lassen. Jetzt kam der schwierigste Teil: »Wir haben Grund zu der Annahme, dass der Mann auf diesem Bild in deinem Lokal vergiftet wurde. Deshalb ist es wichtig, dass wir dein Küchenpersonal überprüfen.«

Der Gastwirt riss die Augen auf: »Warum sollten meine Leute so etwas tun? Das wäre – wie sagt man – wirtschaftlicher Selbstmord. Dann wird nämlich mein Restaurant geschlossen und sie verlieren alle ihren Job!«

Yiannis hatte laut gesprochen, einige Gäste schauten schon zu ihm und Mona hinüber. Sie legte ihm beruhigend eine Hand auf den Unterarm: »So weit sind wir noch lange nicht. Ich gehe von einem persönlichen Motiv aus, verstehst du? Vermutlich haben deine Küchenleute das Opfer – er hieß Althoff – gar nicht gekannt. Trotzdem müssen wir sie überprüfen, um sie als Verdächtige ausschließen zu können.«

Die Kriminalistin hielt den noch unbekannten Begleiter des Opfers für den Täter. Es gab viele Toxine, die geruchs- und geschmacksneutral waren. Dieser Mann konnte einen unbewachten Augenblick genutzt haben, um entweder Althoffs Essen oder seinen Wein zu vergiften. Ein eiskalter Plan – jemanden in aller

Öffentlichkeit zu töten. Und zunächst schien das Vorhaben ja auch geklappt zu haben. Mona wandte sich mit einem freundlichen Lächeln an Yiannis: »Gib mir bitte einfach die Namen der Küchencrew, dann kann ich sie später überprüfen. – Und jetzt möchte ich etwas essen, wo ich schon mal hier bin. Ich werde auch Enno hierherlotsen.«

Diese Aussicht schien den Gastronomen etwas zu beruhigen. »Such dir bitte einen Tisch, momentan sind noch einige frei.«

»Das mach ich«, erwiderte Mona und zwinkerte Yiannis beruhigend zu. Sie rief ihren Kollegen an: »Kommst du zu mir ins *Restaurant Rhodos*? Ich habe Hinweise auf einen Verdächtigen, und wir können endlich wieder gemeinsam Mittagspause machen!«

Kapitel 8

Das ließ sich der Oberkommissar nicht zweimal sagen.

»Ich bin in ein paar Minuten bei dir«, versicherte er. »Die Befragung der Nachbarschaft an der Kaapdelle hat nichts gebracht.«

Während Mona auf Enno wartete, studierte sie schon mal die Speisekarte und dachte über das Treffen von Opfer und Mordverdächtigem nach. In welcher Beziehung hatte dieser Mann zu Althoff gestanden? Ob Ulrike Klose ihn ebenfalls kannte? Diese Frau hatte sich leider als hartnäckige Lügnerin erwiesen. Bildete sie sich wirklich ein, dass ihr nächtliches Treffen mit Kannengießer unbemerkt geblieben war? Und wenn der dreifach Mordverdächtige hinter der Giftattacke steckte? Der mittelgroße Blonde mit Bauch konnte ein Handlanger sein, der einfach nur in Kannengießers Auftrag gehandelt hatte. Dem Kölner Schwerverbrecher musste daran gelegen sein, einen lästigen Zeugen für immer zum Schweigen zu bringen. Aber warum war er persönlich nach Borkum gereist, wodurch er sich automatisch verdächtig machte? Er hätte seinen Komplizen auch vom Festland aus beauftragen und mit dem Gift versorgen können. Mona musste sich mit ihren Schlussfolgerungen zügeln. Noch waren zu wenige Fakten bekannt, um die Mordtat richtig einordnen zu können.

Es dauerte nicht lange, bis Enno erschien. Der Zweimetermann wäre beinahe mit dem Kopf an den oberen Türrahmen gestoßen. Er nickte seiner Kollegin freundlich zu und nahm ihr gegenüber am Tisch Platz. Das Lokal war mit nachgemachten antiken Amphoren und Statuen von Kriegern, dem Minotaurus und dem einäugigen Zyklopen auf altgriechisch getrimmt.

»Ich bin jetzt wirklich wieder fit«, stellte Mona eindringlich klar.

»Du hast mir gefehlt – ich weiß nicht, wie ich es ohne dich aushalten konnte«, meinte Enno schmunzelnd. Sie lächelte und freute sich einfach nur, dass nun ihr Leben wieder in gewohnten Bahnen ablief. Der Oberkommissar bestellte Gyros mit Pommes frites und Reis, Mona einen mediterranen Bauernsalat. Die beiden tranken alkoholfreies Bier, während sie auf ihr Essen warteten. Die Kriminalistin brachte ihren Kollegen auf den neuesten Stand.

»Heute sollen wir die Einzelverbindungsnachweise des Mordopfers bekommen«, teilte Enno Mona mit. »Ich vermute mal, dass Althoff mit dem Mordverdächtigen verabredet war und die beiden einander nicht spontan getroffen haben. Mit anderen Worten: Sie müssen vorher in Kontakt gestanden haben, vermutlich telefonisch oder per Textnachricht.«

Die Kommissarin schnippte mit den Fingern: »Ja, das ist gut! Wenn wir die männlichen Personen überprüfen, mit denen das Opfer kommuniziert hat, werden wir früher oder später auf diesen Blonden stoßen!«

Nun wurde zunächst das Essen serviert, und die Ermittler widmeten sich ihren leckeren Gerichten. Nachdem sie aufgegessen und gezahlt hatten, fragte Mona: »Hat Freerk eigentlich etwas Brauchbares über den Fahrraddiebstahl von sich gegeben?«

»Er wirkte tatsächlich etwas zerknirscht«, erwiderte ihr Kollege. »Das Eigentumsdelikt hat er sofort gestanden. Angeblich war ihm während der Tatbegehung nicht klar, dass dir dieses Rad gehört. Ich sagte, dass es auch nicht strafmildernd wäre, wenn das Objekt einer anderen Person gehört hätte.«

»Mich interessiert vor allem, wo er das Fahrrad gefunden hat.«

Enno schlug seinen Notizblock auf: »Beim Kriegerdenkmal.«

»Das ist ja sehr aufschlussreich«, erwiderte Mona. Die beiden saßen an einem Tisch am Fenster. Sie deutete nach draußen. Auf der gegenüberliegenden Straßenseite befand sich das Mahnmal für die Gefallenen der Weltkriege. Das Gedächtnis der Kommissarin war immer noch nicht vollständig wiederhergestellt. Aber sie konnte nun einen weiteren Teil der Mordnacht rekonstruieren. Mona dachte laut nach: »Ich bin Althoff wahrscheinlich gefolgt. Von irgendwo dort drüben habe ich das Lokal im Auge behalten und gewartet, bis das Treffen vorbei war. Und ich habe mein Rad zurückgelassen, um Althoff unauffällig zu Fuß folgen zu können. In der Eile muss ich vergessen haben, es abzuschließen.«

Enno grinste breit: »Ja, diese Tatsache wollte Freerk als mildernden Umstand geltend machen. Er behauptete, zum Diebstahl verführt worden zu sein.«

»Wie bitte?! Dem Halunken werde ich etwas husten, wenn ich ihn das nächste Mal treffe!«

Die Ermittler verabschiedeten sich von Yiannis, der inzwischen die Mitarbeiterliste gebracht hatte. Sie machten sich auf den Weg zur Polizeistation, die vom *Restaurant Rhodos* aus innerhalb von sieben Minuten zu erreichen war.

»Lass uns noch bei dem Abend vor dem Mord bleiben«, bat der Oberkommissar. »Vermutlich bist du Althoff vom Ferienhaus bis zu dem griechischen Lokal gefolgt.«

»Ja, aber warum? Er hat mein Misstrauen geweckt, so viel steht fest. Er muss etwas gesagt oder getan haben, das mich an seiner Rolle als Einbruchsopfer zweifeln ließ.«

Als die beiden das Wachlokal betraten, blickte Grietje auf: »Gut, dass ihr da seid. Ich wollte mich gerade ans Telefon hängen. – Mona, Lisa Suttrup ist doch neuerdings deine Nachbarin, oder?«

Die Kommissarin fühlte ein beklemmendes Gefühl in sich aufsteigen, obwohl von einem Verbrechen noch keine Rede gewesen war: »Ja, seit ich zur Grönlandstrate gezogen bin. Wieso fragst du, was ist mit ihr?«

»Ihre Mutter war vor einer Viertelstunde hier und hat eine Vermisstenanzeige aufgegeben. Sie hält es für ungewöhnlich, dass ihre Tochter spurlos und ohne eine Nachricht zu hinterlassen verschwunden ist. Ich konnte allerdings keine Hinweise auf eine Straftat erkennen.«

Mona kannte natürlich auch Marieke Suttrup, Lisas Mutter. Sie war eine patente Frau, die nicht zur Hysterie neigte. Wenn sie sich wegen Lisas Verschwinden an die Polizei wandte, musste etwas vorgefallen sein.

»Was hat die Mutter denn gesagt, Grietje? Lass dir doch nicht jedes Wort einzeln aus der Nase ziehen, du bist doch sonst so gesprächig!«, stieß Mona gereizt hervor.

»Und *du* bist wieder ganz die Alte, mit kurzer Zündschnur und schnell auf Hundertachtzig«, gab die Polizeimeisterin zurück. Sie ließ sich selten davon beeindrucken, dass Mona einen höheren Dienstrang hatte als sie selbst. Grietje fuhr fort: »Als die Kinder von der Schule kamen, war das Haus leer. Normalerweise hätte Lisa daheim sein müssen, um Essen zu kochen. Sie gingen also zu ihrer Oma und berichteten, dass Mama weg sei. Daraufhin rief Marieke ihre Tochter an, aber das Telefon war aus. Sie ließ die Kleinen bei ihrer Freundin und fuhr höchstpersönlich zur Grönlandstrate. Laut Marieke deutet nichts auf eine Flucht oder einen Kampf hin, im Haus konnte sie nichts Verdächtiges erkennen.«

»Lisa ist manchmal auch bei mir, sie hilft mir gelegentlich und hat einen Schlüssel zu meinem Haus«, sagte Mona. Es fühlte sich immer noch seltsam an, wenn sie von *ihrem Haus* sprach, obwohl sie inzwischen schon einige Zeit lang dort wohnte. Früher hätte sie sich niemals vorstellen können, ein Eigenheim zu besitzen. Aber auch eine Hochzeit hatte lange Zeit für sie jenseits des Vorstellbaren gelegen. Und nun war sie schon seit Längerem verheiratet – mit einem Mann, der ein baufälliges Friesenhaus geerbt hatte, dessen Restaurierung das Paar ans finanzielle Limit trieb.

Grietje sagte: »Marieke hat auch bei dir geklingelt, Mona. Aber es hat niemand geöffnet.«

Kein Wunder, dachte Mona. Inzwischen war Jan gewiss aufgestanden und hatte sich zu seinem Lokal begeben – per Fahrrad, da die Kommissarin sich morgens sein Auto geschnappt hatte. Zum Glück war für diesen Tag keine Warenlieferung vorgesehen, die von der Fähre abgeholt werden musste. Sie selbst war ja auch nicht mehr daheim gewesen, seit sie morgens erstmals zur Wache gefahren war.

»Was ist mit den Hunden geschehen?«, fragte sie, wobei sich das Gefühl der Beklommenheit verstärkte. »Rufus ist tagsüber oft bei Lisa, weil er und Charlie die besten Freunde sind.«

Grietje zuckte zusammen, als Mona sich nach den Vierbeinern erkundigte. Die Kommissarin wusste, dass ihre junge Kollegin Angst vor großen Hunden hatte.

»Deiner Killerbestie und seinem Artgenossen geht es gut, schätze ich«, gab die Polizeimeisterin kess zurück. »Sie befanden sich in Lisas Haus. Die Kinder haben die Tiere mit zur Oma genommen, da sind sie jetzt.«

Diese Information beruhigte Mona ein wenig. Sie liebte Rufus sehr und hätte es nicht ertragen, wenn ihrem Hund etwas zugestoßen wäre. Aber jetzt ging es in erster Linie natürlich um Lisa. Hinweise auf ein Verbrechen gab es anscheinend nicht. Trotzdem kam der Kommissarin das Ganze verdächtig vor.

»Wir werden uns um die Sache kümmern«, sagte Mona und ging in ihr Dienstzimmer. Enno folgte ihr.

»Denkst du, dass Lisa etwas zugestoßen ist?«, wollte er wissen.

»Irgendetwas ist faul«, erwiderte sie. »Als ich Lisa heute Morgen in meiner Küche begegnete, machte sie einen völlig normalen Eindruck auf mich. Sie wirkte weder verängstigt noch gestresst. Von einem psychischen Ausnahmezustand kann keine Rede sein.

Natürlich weiß ich nicht, was ihr in der Zwischenzeit zugestoßen sein könnte.«

»Lass uns zu Jan fahren«, schlug Enno vor. »Vielleicht ist ihm etwas aufgefallen.«

Das war eine gute Idee, wie Mona fand. Sie wollte ihm ja sowieso sein Auto bringen. Daher fuhren die Ermittler mit zwei Wagen zum Hafen. Jan und seine Mitarbeiter bereiteten sich auf das Abendgeschäft vor, als die Kommissare die *Nordsee Kajüte* betraten. Mona entschuldigte sich ausgiebig, weil sie erst jetzt mit dem Wagen kam. Sie gab ihrem Mann schließlich einen Kuss und sagte: »Das war der private Teil, ab sofort wird es dienstlich. Ich bin wieder im Einsatz – und wie es aussieht, ist Lisa spurlos verschwunden. Hast du sie heute schon gesehen?«

»Als ich heute aufgestanden bin, war niemand im Haus, aber der Frühstückstisch gedeckt«, antwortete Jan. »Ich habe deinen Zettel gefunden und bin mit dem Fahrrad hierhergefahren, nachdem ich mich gestärkt hatte. Tut mir leid, dass ich euch nicht helfen kann.«

»Du kennst doch Lisa auch schon länger«, warf Enno ein. »Hat sie sich in letzter Zeit verändert? Gab es Personen, die in ihr Leben getreten sind? Vielleicht eine neue Liebe?«

»Bedaure, darüber weiß ich nichts«, beteuerte Monas Mann. Die Kommissarin vermutete, dass Lisa wahrscheinlich eher mit ihr ›von Frau zu Frau‹ über eine romantische Beziehung gesprochen hätte. Aber man musste alle Möglichkeiten berücksichtigen.

»Rufst du mich an, falls du etwas über Lisa hörst?«, bat Mona und gab Jan den Zündschlüssel.

»Versprochen«, gab er zurück. Die Kommissare verließen die *Nordsee Kajüte* und fuhren Richtung Zentrum.

»Du kennst Lisa besser als ich«, meinte Enno. »Wo könnte sie sich aufhalten? Und falls ihr wirklich jemand etwas Böses will – wer könnte das sein?«

»Ich stehe völlig auf dem Schlauch«, gestand Mona. »Lisa macht so einen ausgeglichenen Eindruck auf mich. Sie schien mit ihrem Leben hier auf der Insel völlig zufrieden zu sein. Es wäre höchstens möglich, dass ihr Ex wieder aufgetaucht ist und ihr Kummer bereitet hat.«

»Wir müssen parallel arbeiten, um Zeit zu sparen. Wie wäre es, wenn du die Angestellten vom *Restaurant Rhodos* überprüfst und ich währenddessen herauszufinden versuche, ob Lisas geschiedener Mann etwas mit ihrem Verschwinden zu tun hat?«

»Ja, so machen wir es«, erwiderte die Kommissarin. Als die Ermittler wieder in ihrem Dienstzimmer saßen, kochte Enno zunächst einen Tee und hängte sich dann ans Telefon. Mona hörte mit halbem Ohr hin und bekam mit, dass er sich bei verschiedenen Personen nach Lisas Ex erkundigte.

Sie selbst benötigte nicht lange, um den Koch und die anderen *Rhodos*-Mitarbeiter zu überprüfen. Auch mit viel Fantasie konnte die Kriminalistin keine Bezugspunkte zwischen dem Mordopfer und den Gastro-Angestellten erkennen. Außerdem: Woher hätte ein in der Küche arbeitender Täter wissen können, an welchem Tisch Althoff saß und welches Gericht und Getränk er bestellt hatte? Mona wusste, wie in Restaurantküchen geschuftet wurde. Niemand hatte dort Zeit, um die Gäste auszuspionieren und gezielt einen von ihnen zu töten. Im Grunde waren diese Mitarbeiter von ihr nur kontrolliert worden, um sie ausschließen zu können. Sie musste sich auf den Unbekannten konzentrieren, mit dem Althoff sich getroffen hatte. Und dann war da ja auch noch ihre verschwundene Nachbarin.

»Lisas Verflossener ist sauber«, teilte Enno ihr mit, nachdem er den Telefonhörer aufgelegt hatte. »Er hat ein wasserdichtes Alibi: Nachtschicht in einem Callcenter in Bremen. Dort gibt es ein Zeiterfassungssystem – man muss für die Anwesenheit stempeln. Und das hat er in der fraglichen Nacht getan.«

Es kam Mona so vor, als ob sie etwas Entscheidendes übersehen hätte. Waren dies Nachwirkungen ihres Gedächtnisverlustes oder gab es wirklich einen Ermittlungsansatz, der sinnbildlich unter den Tisch gefallen war?

»Sind die Einzelverbindungsnachweise immer noch nicht gekommen?«, wollte sie wissen.

»Nee. – Ich werd wohl noch mal anrufen müssen«, seufzte Enno.

»So lange kann ich nicht warten. Ich will mir Ulrike Klose persönlich vorknöpfen. Sie *könnte* wissen, mit wem ihr Freund sich treffen wollte. Immerhin gibt es jetzt eine brauchbare Beschreibung von dem Unbekannten«, schlug Mona tatendurstig vor.

»Ja, diese Information hatte ich bei meiner morgendlichen Befragung der Dame ja noch nicht«, stellte Enno fest. »Es kann nichts schaden, sie aus der Reserve zu locken.«

Die Kommissare fuhren zur Kaapdelle.

Enno schellte an dem Ferienhaus. Ulrike Klose öffnete. Sie nickte dem Oberkommissar zu und schaute dessen Kollegin fragend an.

»Moin, das ist Kommissarin Sander«, stellte der Kriminalist sie vor. »Wir müssen noch einmal mit Ihnen sprechen, Frau Klose.«

Ob Kannengießer schon mit ihr über Mona gesprochen hatte? Ulrike Kloses Mimik ließ darauf schließen, wenngleich dies natürlich nichts bewies. Die Verdächtige trat beiseite, und die Ermittler folgten ihr ins Haus. Die Kommissarin kam sofort zur Sache. Sie hatte ein unangenehmes Gefühl in der Magengegend – eine Vorahnung, dass keine Zeit verschwendet werden durfte: »Frau Klose, Sie haben meinen Kollegen angelogen. Sie sind nicht allein im Ferienhaus geblieben, sondern haben die Nacht mit Kannengießer im *Hotel Teutonia* verbracht. Dafür gibt es Zeugen. Dachten Sie wirklich, wir würden dies nicht herausfinden?«

»Ich kenne niemanden, der so heißt«, murmelte die Verdächtige. Es hörte sich so an, als ob sie nicht an ihre eigenen Worte glauben würde. Mona erwiderte: »Das lässt sich leicht überprüfen. – Sie wissen aber schon, mit was für einem Kerl Sie sich eingelassen haben?«

Ulrike Klose antwortete nicht. Sie hatte sich auf das Sofa im Wohnraum fallengelassen und sank immer weiter in sich zusammen. Enno warf seiner Kollegin einen warnenden Blick zu. Mona wusste selbst, dass sie dieser Frau nicht weiter zusetzen durfte. Sie musste sich jetzt Gewissheit verschaffen und rief im *Hotel Teutonia* an.

»Wo ist Kannengießer?«, fragte sie.

»Dir auch einen guten Morgen, Mona«, gab Cordsen zurück. »Herr Kannengießer hat gegen 9 Uhr gefrühstückt und danach das Hotel verlassen. Seitdem habe ich den Gast nicht mehr zu Gesicht bekommen.«

»Du hast mir trotzdem sehr geholfen«, erwiderte die Kriminalistin. Was führte Kannengießer im Schilde? Und wo hielt er sich auf? Sie schätzte ihn nicht als einen Mann ein, der aus Freude an der Natur einen Spaziergang macht oder am Strand Meer und Sonne genießt. Er war mit einer bestimmten Absicht nach

Borkum gekommen – aber was hielt ihn noch hier, nachdem Althoff nicht mehr lebte?

Nachdem sie das Telefonat beendet hatte, wandte sie sich an Ulrike Klose: »Ihnen ist vermutlich bekannt, dass Kannengießer in drei Fällen mordverdächtig ist. Sie haben die Wahl – entweder decken Sie ihn weiterhin oder Sie rücken jetzt endlich mit der Wahrheit heraus. Ich habe den begründeten Verdacht, dass er eine Geisel in seine Gewalt gebracht hat. Wenn dieser Frau etwas zustößt, können Sie sich auf eine Anklage wegen Beihilfe zum Mord einstellen!«

Ihre Stimme bebte vor unterdrückter Wut. Sie hoffte sehr, dass sie sich irrte. Warum hätte Kannengießer ihre Nachbarin in seine Gewalt bringen sollen? Aber Mona musste auch diese Möglichkeit in Betracht ziehen.

Immerhin schien sie mit ihrer klaren Ansage zu Ulrike Klose durchgedrungen zu sein.

»Bernd hat Udo nicht getötet«, murmelte sie kaum hörbar.

Schön – wenigstens ein Mord, den dieser Killer nicht begangen hat, dachte Mona grimmig. Sie fragte: »Wo ist Kannengießer jetzt?«

Ulrike Klose rückte nicht sofort mit der Sprache heraus. Aber ihre körperliche Reaktion sprach Bände. Ihr brach der Schweiß aus, obwohl die Temperatur in dem Ferienhaus nicht allzu hoch war. Außerdem konnte sie ihre Hände nicht stillhalten und spielte ununterbrochen mit dem Armreif, den sie am linken Gelenk trug. Nachdem die Kriminalistin den letzten Satz noch einmal eindringlich wiederholt hatte, öffnete die Verdächtige endlich den Mund: »Bernd hat mich vor zwei Stunden angerufen und gesagt, dass er sich sofort absetzen müsste, aber dafür eine ›lebendige Lebensversicherung‹ brauchte. Ich fragte, was er damit meinte. Aber er lachte nur und versprach, mich in den nächsten Tagen anzurufen – wenn er sicher im Ausland wäre.«

Die Kommissarin versuchte, sich in den Täter hineinzuversetzen. Ob mit der ›lebendigen Lebensversicherung‹ eine Geisel gemeint war? Aber wieso glaubte Kannengießer, dass seine Festnahme unmittelbar bevorstand? Hatte er eigentlich die Kriminalistin in seine Gewalt bringen wollen? Lisa hatte sich wahrscheinlich gerade in Monas Haus aufgehalten, als der Verbrecher dort aufgetaucht war. Und woher kannte er die Adresse? Diese Frage ließ sich leicht beantworten, denn Jan hatte bei ihrem Umzug ins neue Haus auch einen Telefonbucheintrag vornehmen lassen: M. Sander/J. Lummer-Sander, Grönlandstrate, Tel. 04922 … Es war nicht die beste Idee für eine Polizistin, solche Daten zu veröffentlichen. Sie hatte sich schon mehrfach vorgenommen, dies zu ändern – aber bisher hatte sie immer wichtigere Dinge zu tun gehabt.

»Ich nehme Sie fest unter dem Verdacht der Mittäterschaft an einer Freiheitsberaubung«, sagte die Kommissarin und belehrte Ulrike Klose über ihre Rechte.

»Aber ich habe Ihnen alles gesagt, was ich weiß!«

Das bezweifle ich, dachte Mona. Vor allem wollte sie verhindern, dass Kannengießer durch seine Komplizin gewarnt werden konnte. Das würde ihr unmöglich gemacht, wenn sie sich im Polizeigewahrsam befand. Nachdem die Kommissarin Ulrike Klose nach Waffen und gefährlichen Gegenständen durchsucht hatte, nahmen die Ermittler die Verdächtige mit zur Wache. Ulrike Klose hielt zunächst den Mund, was ihr gutes Recht war. In der Polizeistation übergab Mona die Verdächtige für die erkennungsdienstliche Behandlung an ihre Kollegin Aiske Berend. Nun konnten die Kommissare sich unter vier Augen miteinander beraten.

»Du gehst davon aus, dass Kannengießer Lisa in deinem Haus gefangen hält, weil er ursprünglich dich kidnappen wollte?«, vergewisserte Enno sich.

»Ich wünschte, es wäre nicht so. Aber momentan erscheint mir dies als die wahrscheinlichste Möglichkeit«, murmelte sie.

»Mir ist gerade ein Einfall gekommen.«

Mit diesen Worten ging der Oberkommissar hinaus und kehrte nach wenigen Minuten zurück.

»Was hast du gemacht?«, wollte Mona wissen. Er antwortete: »Ich habe mir von ihr Kannengießers Mobilnummer geben lassen. – Wenn wir sein Gerät orten, könnten wir uns Gewissheit über seinen Standort verschaffen. Immer vorausgesetzt, dass er sein Smartphone nicht ausgeschaltet hat.«

Eine solche Aktion musste von der Staatsanwaltschaft genehmigt werden. Daher ging der Oberkommissar gleich zu Oltbeck, damit der Chef den Antrag in die Wege leitete. Es dauerte nicht lang, bis Enno zurückkehrte: »Erwartungsgemäß reicht die Fantasie unseres Vorgesetzten nicht aus, um deine Überlegung nachzuvollziehen.

Immerhin lässt er sich dazu herab, in Emden anzurufen. Lisa könnte in großer Gefahr schweben, wenn Kannengießer sie in seiner Gewalt hat – das musste auch Oltbeck einsehen.«

Mona nickte. Sie fragte sich, warum Kannengießer überhaupt zu diesem drastischen Schritt gegriffen hatte, nachdem er bisher offenbar mit drei Morden davongekommen war. Dafür musste es einen Grund geben, den sie noch nicht durchschaut hatte. Die Entführung war nicht unbedingt vorherzusehen gewesen – schließlich hielt Lisa sich nicht ständig in Monas und Jans Haus auf. Sie war wohl buchstäblich nur zur falschen Zeit am falschen Ort gewesen. Dennoch fühlte Mona sich für ihr Schicksal verantwortlich. Ihr Kollege schien zu spüren, wie es ihr ging.

»Du bist Polizistin, keine Hellseherin«, machte er deutlich. »Du konntest unmöglich ahnen, dass Kannengießer überhaupt auf diese Art reagiert. Bisher ist es ja auch nur eine Vermutung.« Nach einer kurzen Pause fügte er hinzu: »Obwohl ich es auch für wahrscheinlich halte. – Kannengießer macht sich durch eine Geiselnahme auf jeden Fall angreifbar. Bei seinen bisherigen Straftaten konnte ihm offenbar nichts nachgewiesen werden. Das ist diesmal anders.«

»Deine Zuversicht in allen Ehren, aber ...«

Mona konnte den Satz nicht beenden, denn in diesem Moment stürmte Oltbeck herein. Der Chef hatte nicht angeklopft, obwohl ihm solche Höflichkeitsregeln normalerweise sehr wichtig waren. Offenbar gab es auch bei ihm eine gewisse innere Anspannung.

»Die Staatsanwaltschaft hat die Handypeilung genehmigt, es liegt Gefahr im Verzug vor«, sagte er. »Und Sie glauben wirklich, dass die Person sich in Ihrem Haus aufhält, Frau Sander?«

»Gleich werden wir es wissen.«

Mit diesen Worten startete die Kommissarin das Ortungsprogramm auf ihrem Computer. Enno und Oltbeck schauten ihr gespannt über die Schulter, während das System zu arbeiten begann. Auf dem Monitor war eine Landkarte von Borkum zu sehen. Kannengießers Telefon wurde durch einen kleinen blinkenden roten Punkt symbolisiert. Und dieser baute sich tatsächlich an Monas Adresse an der Grönlandstrate auf.

Kapitel 9

»Ich fordere ein Geiselbefreiungsteam vom Festland an.«

Nachdem einen Moment lang Schweigen geherrscht hatte, gab Oltbeck diesen Satz von sich. Natürlich, aus seinem Blickwinkel war das die einzig mögliche Option. Mona hatte trotzdem Bedenken – nicht nur, weil in dem Fall wildfremde Kollegen überall durch ihr Haus stiefeln würden. Sie sorgte sich um das Leben ihrer Nachbarin, die sie inzwischen auch als Freundin betrachtete. Und sie hätte Lisa am liebsten höchstpersönlich gerettet.

»Wir sollten nichts übereilen«, sagte sie daher. »Mich interessiert vor allem, ob Kannengießer Lisa Suttrup tatsächlich in seiner Gewalt hat.«

»Fällt Ihnen eine andere Möglichkeit ein?«, fragte Oltbeck.

»Wir sollten zunächst herausfinden, was im Haus überhaupt los ist. Ich könnte auf der Festnetznummer anrufen und nach Lisa Suttrup fragen«, schlug Enno vor. »Je nachdem, wie Kannengießer reagiert, können wir weiter vorgehen.«

»Mir ist immer noch nicht klar, warum dieser Verbrecher überhaupt in Ihr Haus eingedrungen ist, Frau Sander«, sagte Oltbeck. »Sie waren doch krankgeschrieben und haben gar nicht gegen ihn ermittelt.«

»Ich bin ihm zufällig begegnet, als ich im *Hotel Teutonia* Dirk Cordsen besucht habe, dabei musste ich meinen Namen und meinen Beruf nennen «, murmelte Mona.

Der Chef warf ihr einen misstrauischen Blick zu. Oltbeck wusste, wie herausfordernd seine Untergebene sein konnte.

Enno setzte jetzt sein Vorhaben in die Tat um und griff zum Telefonhörer. Er schaltete den Lautsprecher ein. Das Freizeichen ertönte dreimal. Die Kommissarin fragte sich, warum der Täter überhaupt das Gespräch annehmen sollte. Und plötzlich ertönte leise eine Männerstimme.

»Ja?«

»Moin, Jan!«, trompetete Enno. »Ist meine Frau bei dir? Daheim geht keiner ans Telefon, ich dachte, sie sei mit den Hunden spazieren, aber ich kann Lisa auf dem Handy auch nicht erreichen.«

Einen Moment lang fiel kein weiteres Wort. Die Kommissarin befürchtete schon, dass Kannengießer kommentarlos auflegen würde. Doch es kam anders.

»Sie ist nicht mehr da, wird wohl noch mit den Hunden unterwegs sein«, sagte der Mordverdächtige. Die Kriminalistin musste zugeben, dass er überzeugend klang.

»Ach, dann wird sie schon irgendwann wieder auftauchen«, sagte der Oberkommissar. »So dringend muss ich sie nicht sprechen, wollte ihr nur Bescheid sagen, dass ich direkt von der Arbeit zum Skatspielen gehe. Vor Mitternacht werde ich nicht zurück sein. Schönen Abend noch, Jan.«

»Ebenso«, murmelte der Ganove und legte auf. Kannengießer musste annehmen, dass es Lisas Freund oder Ehemann war, durch den der Anruf erfolgt war. Zumindest hatte Enno sich bemüht, diesen Eindruck zu erwecken.

»Was hat das zu bedeuten?«, rätselte Oltbeck und beantwortete seine Frage gleich selbst: »Entweder hat er Frau Suttrup betäubt oder gefesselt und geknebelt. Wir wissen ja, dass die Hunde sich bei ihrer Mutter befinden. Und dank Herrn Moll wird der Täter nicht vor Mitternacht damit rechnen, dass ›Lisas Ehemann‹ nach der Geisel sucht. Daher kann ich jetzt getrost um eine Spezialeinheit bitten.«

Mona öffnete den Mund, um zu protestieren – aber Enno schüttelte kaum merklich den Kopf. Sie erkannte, dass dies wohl wirklich die beste Lösung war. Es gab Situationen, in denen man die Verantwortung abgeben musste. Und außerdem spürte die Kommissarin, dass sie trotz ihrer gegenteiligen Beteuerungen noch nicht ganz fit war. Die Kollegen vom Geiselbefreiungsteam kannten solche Einsätze und wussten, wie sie vorgehen mussten.

Wenigstens müssen sie diesmal keine Ramme einsetzen, dachte Mona mit einem Anflug von schwarzem Humor. *Ich leihe ihnen gern meinen Hausschlüssel.*

*

Hauptkommissar Gernot Krüger war ein athletischer Mann mit rasiertem Schädel. Er leitete die SEK-Gruppe, die per Helikopter auf Borkum eingetroffen war. Nun wurde er in Oltbecks Büro mit den Details des Einsatzes vertraut gemacht. Zum Glück hatte Mona an ihrem Arbeitsplatz noch eine Skizze ihres Hauses, die sie für die Neuberechnung der Grundsteuer gebraucht hatte. Die Kommissarin sträubte sich innerlich immer noch dagegen, den Zugriff unbekannten Kollegen zu überlassen. Aber wenn sie es sich mit Oltbeck nicht endgültig verscherzen wollte, musste sie mitspielen. Krüger hatte mitbekommen, dass sie dort wohnte, wo sich Kannengießer mit Lisa aufhielt.

»Frau Sander – wo würden Sie die Geisel platzieren, wenn Sie an Stelle des Täters wären?«, fragte der SEK-Hauptkommissar. Mona schämte sich für ihre eigenen Vorurteile. Sie war davon ausgegangen, dass ein Polizist dieser Eliteeinheit die Kollegen vor Ort nicht für voll nehmen würde. Doch Kröger trat nicht besserwisserisch auf, sondern versuchte sie einzubeziehen.

»Wenn ich mein Opfer fesseln und knebeln wollte, würde ich es auf einen Stuhl in der Küche setzen«, antwortete sie und fuhr fort: »Die Fensterläden lassen sich schließen, also kann man von außen nicht hineinsehen. Die Küche hat nur eine Tür zum Flur hin. Die zweite Variante wäre, dass die Geisel bewusstlos ist und im Wohnzimmer auf der Couch liegt. Auch dieser Raum kann vom Korridor aus betreten werden.«

Die Kommissarin unterbrach ihren eigenen Redefluss. Sie musste ihren Tatendrang zügeln. Am liebsten wäre sie sofort persönlich ins Haus gestürmt und hätte Lisa aus Kannengießers Klauen gerissen. Doch Mona wusste vom Verstand her natürlich, dass eine Geiselbefreiung sorgfältig vorbereitet werden musste. Kröger war jedenfalls ein guter Beobachter. Er erkannte, dass sie noch etwas auf dem Herzen hatte: »Sprechen Sie bitte frei von der Leber weg. Es ist *Ihr* Zuhause, in dem die Aktion geschehen soll.«

»Ich sehe die größte Schwierigkeit darin, den Täter rechtzeitig vom Opfer zu trennen«, meinte sie. »Wenn Kannengießer alle Fensterläden schließt, wissen Sie nicht, wo genau er sich befindet.«

»Nicht exakt«, stimmte Krüger zu. »Wir werden eine Wärmebildkamera einsetzen. Die Geisel wird vermutlich unbeweglich bleiben, weil sie entweder gefesselt oder bewusstlos ist. Oder beides. Also muss es sich bei der einzigen weiteren Person im Haus um den Täter handeln. – Haben Sie eigentlich Ihren Mann schon informiert?«

Mona hatte ihren Familienstand nicht erwähnt, aber sie trug gut sichtbar einen Ehering am Finger. Sie antwortete: »Ja, er arbeitet in seinem Lokal und wird gewiss nicht vorzeitig heimkommen. – Wann soll der Zugriff eigentlich starten?«

Krüger schaute auf die Uhr: »In achtzehn Minuten.«

»Gut, dann sollten wir ...«

Mona wollte Oltbecks Büro verlassen, aber der SEK-Kommandant schüttelte den Kopf: »Es ist besser, wenn Sie hierbleiben. Meine Leute sind schon auf Position.«

»Aber ich ...«

»Sie haben den Kollegen gehört«, schnarrte Oltbeck. »Es wäre schön, wenn Sie einmal keine Widerworte geben würden, Frau Sander!«

Mona gab zähneknirschend klein bei, auch wenn es ihr schwerfiel. Genau genommen hatte der Schlamassel damit begonnen, dass sie eigenmächtig und ohne Rückendeckung Althoff verfolgt hatte. Was wäre gewesen, wenn sie diesen Mann nicht vom *Restaurant Rhodos* bis zum Strandwald verfolgt hätte? Der Giftmord war ohnehin nicht zu verhindern gewesen, aber die Leiche wäre von jemand anderem gefunden worden, vielleicht von einem Urlauber oder einem Gemeindearbeiter. *Und ich hätte nicht zeitweilig mein Gedächtnis verloren,* dachte sie grimmig. Inzwischen tauchten immer mehr Fetzen von zurückliegenden Ereignissen wieder auf. Aber sie wusste immer noch nicht, wodurch das Einbruchsopfer Althoff ihr Misstrauen geweckt hatte.

»Ich leiste dir Gesellschaft«, bot Enno an. »Wir trinken zusammen einen Tee, dann sieht die Welt schon besser aus.«

Sie begriff, dass der Oberkommissar sie aus der Schusslinie holen wollte, bevor sie sich bei ihrem Chef noch um Kopf und Kragen redete. Während Krüger und Oltbeck sich zur Grönlandstrate begaben, zogen sich Mona und Enno in ihr gemeinsames Büro zurück. Immerhin funktionierte das Langzeitgedächtnis der Kommissarin wieder gut. Ihr fiel ein anderer Fall ein, bei dem sie ebenfalls verletzt worden war und sich mit dem Rätsel um eine verschwundene Braut hatte herumärgern müssen. Auch damals war ein SEK-Team vom Festland gekommen und hatte die Situation unblutig klären können. Mona musste sich eingestehen, dass Hilfe von außen manchmal nichts schaden konnte. Sie versuchte, sich auf das ostfriesische Teeritual zu konzentrieren, indem sie ein Kluntje in ihre Tasse tat, langsam die starke Assam-Mischung daraufgoss und schließlich einen Schuss Sahne folgen ließ. Umgerührt werden durfte natürlich nicht, das hätte dem traditionellen Ablauf widersprochen.

»Es muss einen Grund geben, warum Kannengießer plötzlich eine Geisel genommen hat«, vermutete Enno. »Er wollte wohl ursprünglich dich in seine Gewalt bringen, weil er sich bessere Chancen ausrechnete, wenn er eine Polizistin kidnappt. Aber als er in deinem Haus Lisa begegnete, hat es sie getroffen. Er konnte nicht darauf warten, dass du heimkommst – weil ihm aus irgendeinem Grund die Zeit davonläuft.«

Mona dachte einen Moment lang über die Worte ihres Kollegen nach, dann sagte sie: »Ja, das könnte sein. Die drei Morde auf dem Festland sind Kannengießer bisher nicht nachzuweisen, und als ich ihn im Hotel traf, wirkte er auf mich weder eingeschüchtert noch in die Enge getrieben. Inzwischen muss etwas passiert sein, das ihn nervös gemacht hat. – Ich wüsste zu gern, was jetzt in der Grönlandstrate passiert!«

Enno schaute auf die Uhr: »Wenn ich es richtig sehe, dann ist der Zugriff bereits in vollem Gange – falls die Aktion nicht verschoben wurde.«

»Für meine Nerven wäre das fatal«, gab Mona zu. Sie ergänzte: »Bisher ist Kannengießer der Einzige, der ein handfestes Motiv für den Mord an Althoff hat. Wir müssen unbedingt diesen Blonden mit Bauchansatz ausfindig machen – falls er überhaupt noch auf Borkum weilt!«

»Ich halte ihn auch für den Schuldigen, was die Verabreichung des tödlichen Gifts angeht. Entweder handelte er aus eigenem Antrieb oder er wurde von jemandem angestiftet«, sagte der Oberkommissar. Er fügte hinzu: »Ich werde morgen Althoffs Mobilfunkanbieter noch einmal auf die Füße treten. Wir benötigen dringend die Einzelverbindungsnachweise des Opfers. Außerdem vermute ich, dass Althoffs Kontakt allein hierhergefahren ist. Es kann jedenfalls nichts schaden, wenn wir die allein reisenden Herren, die seit dem 5. August abgereist sind, genauer unter die Lupe nehmen.«

Mona nickte zerstreut. Sie hatte wirklich vor, sich auf die Worte ihres Kollegen zu konzentrieren – aber in Gedanken war sie bei der Befreiungsaktion, an der sie nicht teilnehmen durfte. Ihr war bewusst, dass es bei solchen Zugriffen oft hart zur Sache ging. Natürlich lag es ihr am Herzen, dass Lisa unverletzt blieb; aber sie hätte auch nichts dagegen gehabt, wenn ihr Haus halbwegs heil bleiben würde. Sie zuckte zusammen, als ihr Handy klingelte. Es schien viel lauter als gewöhnlich zu sein, aber das war nur Einbildung. Sie meldete sich mit Namen und Dienstgrad, dann hörte sie die unaufgeregte Stimme von Hauptkommissar Krüger, dem sie zuvor ihre Nummer gegeben hatte.

»Die Geisel ist unverletzt und wird jetzt medizinisch betreut, Frau Sander. Der Täter befindet sich in Gewahrsam!«

Dann nannte der SEK-Kollege noch ein paar Details, die bei Mona eine Umplanung nötig machten. Sie war trotzdem überglücklich: »Super, ich könnte Sie knutschen!«

Mit diesen Worten beendete sie das Telefonat. Dann nahm sie sofort mit Lisas Mutter Kontakt auf: »Marieke? Hier spricht Mona von der Polizei. Ich wollte dir nur Bescheid geben, dass es deiner Tochter den Umständen entsprechend gut geht. Ich nehme an, dass sie jetzt im Krankenhaus untersucht wird.«

Marieke Suttrup bedankte sich überschwänglich. Mona legte den Hörer auf. Enno schaute auf die Uhr.

»Willst du heute durchmachen? Es ist schon spät.«

Sie lachte und erwiderte: »Nee, ganz bestimmt nicht! Ich muss jetzt noch etwas organisieren, wenn Jan und ich heute Nacht nicht am Strand schlafen wollen.«

Die Kommissarin griff zum Telefon und nahm mit Cordsen Kontakt auf. Und tatsächlich hatte sie Glück.

»Schön, dass es so spontan geklappt hat. Die Rechnung schickst du dann an die Niedersächsische Staatskasse«, sagte sie zu dem Hotelier.

Als Mona und Enno wenig später ihr Arbeitszimmer verließen, wurde Kannengießer gerade von zwei maskierten SEK-Polizisten in die Wache geführt. Er trug Handschellen und warf den Ermittlern einen wütenden Blick zu. Für die Nacht kam er in eine Arrestzelle, das Verhör sollte am nächsten Morgen stattfinden.

»Mit dem Anblick dieses Kerls könnte man kleine Kinder erschrecken«, meinte Enno, während sie in ihren Dienstwagen stiegen.

»Die Hauptsache ist, dass es Lisa gut geht«, erwiderte Mona. »Ich werde sie morgen noch vor dem Dienst besuchen. – Fährst du mich bitte zur *Nordsee Kajüte*? Jan weiß noch gar nicht, wo er nachher sein müdes Haupt betten kann.«

»Ich habe vorhin mit halbem Ohr aufgeschnappt, dass du dich darum gekümmert hast«, sagte der Oberkommissar lächelnd.

»Das haben wir uns nach dieser Nervenanspannung auch verdient«, gab seine Kollegin zurück. Zu so später Stunde herrschte auf der Reedestraße, die den Ortskern mit dem Hafen verband, nur wenig Verkehr. Es dauerte keine zehn Minuten, bis Enno Mona vor dem Lokal ihres Freundes absetzte und ihr einen schönen Feierabend wünschte. Sie stieß die Tür auf, fröhlicher Sommerpop schallte ihr entgegen. Die meisten Tische waren besetzt, ihr Mann und seine Servicekraft hatten alle Hände voll zu tun. Mona konnte sich lebhaft vorstellen, dass Jan um sie besorgt gewesen war. Sie ging zu ihm hinter den Tresen, gab ihm einen Kuss und sagte: »Ich habe eine gute und eine schlechte Nachricht für dich – welche willst du zuerst hören?«

»Die gute natürlich!«

»Lisa konnte unverletzt aus der Gewalt eines Verbrechers befreit werden, und wir dürfen auf Staatskosten in einer Suite im *Hotel Teutonia* nächtigen.«

»Das lass ich mich doch gefallen«, erwiderte ihr Mann. »Und worin besteht die Hiobsbotschaft?«

»Unser Haus steht zwar noch, aber als ›Raumduft‹ ist kürzlich Tränengas zum Einsatz gekommen. Außerdem ist es aktuell ein Tatort; wir können uns dort erst wieder aufhalten, wenn die Kriminaltechniker durch sind.«

»Wenn das so ist, lasse ich mir morgen beim Frühstück im *Teutonia* ganz besonders viel Zeit«, gab Jan lächelnd zurück.

Kapitel 10

Es geschah nicht oft, dass in der Hauptsaison eine Suite in dem Traditionshaus frei war; eine Stornierung aufgrund einer Sommergrippe hatte es buchstäblich in letzter Minute möglich gemacht. Mona hatte am Abend die Vorhänge nicht geschlossen – was auch nicht nötig gewesen war, denn es gab kein Gegenüber, von dem man neugierige Blicke hätte befürchten müssen. Die Suite, die sie und ihr Mann für eine Nacht hatten beziehen dürfen, bot einen Panoramablick auf Strand und Nordsee. Die Kommissarin war wieder einmal vor Jan wach geworden. Sie saß aufrecht im Bett und schaute sich verträumt den Sonnenaufgang am Horizont an. Die Strahlen des Tagesgestirns reflektierten auf den Wellenkämmen der Nordsee – ein Anblick, der sie für den Stress der letzten Zeit entschädigte.

Mona warf ihrem friedlich schlummernden Mann einen verliebten Blick zu. Nicht jeder hätte die ständigen Aufregungen an ihrer Seite so stoisch hingenommen wie Jan es tat. Sie stand auf, duschte und zog sich an. Erfahrungsgemäß würde es noch ein paar Stunden dauern, bis ihr Mann die Augen öffnete. So lange konnte und wollte sie nicht warten. Also schrieb sie ihm wieder ein Zettelchen und ging zu dem opulenten Frühstücksbuffet im Speisesaal hinunter. Mona genehmigte sich eine Portion Rührei und ein Früchtemüsli. Beides spülte sie mit einer großen Kanne Tee herunter. Danach fühlte sie sich fit für den neuen Arbeitstag. Und als Erstes wollte sie nachschauen, wie es Lisa ging. Die Kommissarin steuerte das Borkumer Stadtkrankenhaus in der Gartenstraße an. Dort erfuhr sie, dass ihre Nachbarin tatsächlich über Nacht zur Beobachtung dortgeblieben war. Mona hatte einen Kloß im Hals, als sie die Tür des Krankenzimmers öffnete. Sie hatte ein schlechtes Gewissen, obwohl objektiv betrachtet nicht hatte vorausgesehen werden können, dass Kannengießer ihr Haus betreten würde. Aber ihre Nachbarin lächelte, als sie die Kommissarin erblickte. Lisa war bereits komplett angezogen und saß auf ihrer Bettkante. Auf dem Nachtschrank befanden sich ein Teebecher und ein Teller mit Brotkrümeln.

»Moin, Mona – was für ein Abenteuer, oder? Ich höre, dass Ihr den Kerl geschnappt habt?«

Lisa klang ausgesprochen munter, sie schien jedenfalls nicht traumatisiert oder verwirrt zu sein. Mona setzte ein unsicheres Lächeln auf, während sie auf ihre Nachbarin zu trat: »Ich wollte auf jeden Fall nach dir sehen. – Geht es dir gut?«

Die Nachbarin nickte: »Als ich aufwachte, war ich natürlich erst einmal erschrocken, weil ich mich im Krankenhaus befand. Aber Dr. Siemers konnte mich beruhigen. Mir fehlt körperlich nichts, er wollte mich nur zur Sicherheit hierbehalten. Mama kümmert sich um die Kinder und unsere Hunde, das ist geregelt. Der Arzt will gleich noch mit mir sprechen. Und falls er dann keine Einwände hat, geht es für mich nach Hause.«

Das war auch für Mona eine gute Nachricht. Sie fragte: »Was genau ist denn vorgefallen?«

»Ich musste noch einmal in euer Haus gehen, um mir Milch zu leihen. Du hattest ja mal gesagt, dass ich mich jederzeit bedienen könnte, wenn es nötig ist. Und ich Schussel hatte die Milch beim Einkaufen mal wieder vergessen. Jedenfalls hatte ich gerade eine Flasche aus dem Kühlschrank geholt, als es an der Tür klingelte. Ich stellte die Milch zur Seite und öffnete. Da stand dieser Finsterling vor mir. Er sagte zunächst nichts, stieß mich nur zurück und kam herein. In dem Moment war ich schon geschockt genug. Dann schloss er die Tür von innen. Ich hätte weglaufen sollen, aber ich war wie gelähmt. Er wollte wissen, wo du bist. Er machte mich nervös, denn nun zog er eine Schusswaffe. ›Wenn du still bist, passiert dir nichts‹, das behauptete er. Und dann wollte er wissen, wer ich bin. Ich sagte ihm meinen Namen und dass ich mich um deinen Hund kümmere, weil ich auch einen habe, und dass ich Milch brauchte und dass ich nicht wüsste, wo du bist. ›Es ist auch egal, wir machen bald einen kleinen Ausflug‹, behauptete er. Ich traute mich nicht zu fragen, was er damit meinte. Und der Kerl wollte sich wohl auch nicht darauf verlassen, dass ich nicht schreie. Jedenfalls fesselte und knebelte er mich. Ich verlor jedes Zeitgefühl. Irgendwann gab es einen fürchterlichen Knall, und gleich darauf wurde ich von maskierten Polizisten befreit. Sie schafften mich ins Krankenhaus, wo Dr. Siemers mich gründlich untersucht hat.«

Mona konnte nun genauer nachvollziehen, was sich ereignet haben musste. Offenbar hatte Kannengießer mit seiner Geisel wirklich türmen wollen – aber wohin? Sie konnte es kaum abwarten, ihm diese Frage im Verhör zu stellen.

»Dieser Mann ist ein gefährlicher Krimineller. Und er wollte offensichtlich ursprünglich mich kidnappen«, murmelte die Kommissarin.

»Und ich dachte, es wäre sicherer, neben einer Polizistin zu wohnen«, erwiderte ihre Nachbarin lachend. »Es ist ja nochmal gutgegangen. – Wir beide zusammen sind jedenfalls Mona-Lisa.«

Sie trat auf die Kriminalistin zu und umarmte sie. Nun klopfte es, und gleich darauf betrat Dr. Siemers das Zimmer. Die Kommissarin nutzte die Gelegenheit, um sich zu verabschieden. Es war ein herrliches Gefühl, morgens durch die noch stillen Borkumer Straßen zur Polizeistation an der Strandstraße zu gehen. Und sie war die nicht die Einzige, die momentan gute Laune hatte.

»Warum strahlst du denn so?«, fragte Mona neugierig, als sie das Gebäude betrat. Grietje war ihre gute Laune schon an der Nasenspitze anzusehen. Die Polizeimeisterin hielt ein zusammengefaltetes Blatt Papier zwischen zwei Fingern. Sie schwärmte: »Ich habe einem der SEK-Kollegen seine Telefonnummer abluchsen können – ein knackiger Typ, eine wahre Augenweide.«

»Du hast immerhin bei meiner Hochzeit den Brautstrauß gefangen«, erinnerte Mona. »Dann wird es ja Zeit, dass du dir den entsprechenden Kandidaten ausguckst.«

»Man muss ja nicht gleich heiraten«, meinte Grietje augenzwinkernd. »An seinem nächsten freien Tag will er nach Borkum kommen, dann sehen wir weiter.«

»Na, dann drück ich dir die Daumen«, erwiderte Mona und ging zu ihrem Dienstzimmer hinüber. Enno saß schon an seinem Schreibtisch und trank Tee.

»Moin, du bist ja bester Stimmung«, stellte er fest. Sie winkte ab: »Ich hatte mit Grietje gerade ein kurzes Frauengespräch. Außerdem habe ich in der Suite vom *Hotel Teutonia* ganz hervorragend genächtigt.«

»Kannengießer dürfte in unserer Arrestzelle nicht so gut geschlafen haben«, vermutete Enno. »Auf jeden Fall hat er nach einem Anwalt verlangt, bevor er sich von uns befragen lässt. Der Jurist reist aus Köln an und wird vermutlich erst am späten Nachmittag auf der Insel eintreffen. – Und die Kriminaltechniker haben bereits damit begonnen, in deinem Haus Spuren zu sichern. Lisa ist offenbar von Kannengießer mit Stricken an dein Sofa im Wohnzimmer gefesselt worden. Der Täter befand sich in der Küche, telefonierte gerade. Er kam also gar nicht dazu, sich an der Geisel zu vergreifen. Und er setzte auch seine Schusswaffe nicht ein, weil das Tränengas ihn aus dem Konzept brachte. Bevor er reagieren konnte, hatten die Kollegen ihn zu Boden gebracht.«

»Mit wem hat er denn gesprochen, als der Zugriff erfolgte?«, hakte Mona nach.

»Die Nummer gehört zu einem Einweghandy. Der Teilnehmer hat aufgelegt und wahrscheinlich gleich darauf die SIM-Karte vernichtet, als er mitkriegte, dass hier ein polizeilicher Zugriff erfolgte. Wir können nur darauf hoffen, dass Kannengießer uns verrät, mit wem er Kontakt hatte.«

»Dafür werde ich schon sorgen!«, kündigte die Kriminalistin tatendurstig an. Vom Gesundheitszustand her fühlte sie sich an diesem Morgen noch besser als am Vortag. Es würde wohl nicht lange dauern, bis sie diesen Kopfverband abnehmen konnte.

»Kannengießer knöpfen wir uns vor«, stellte Enno in Aussicht, »aber jetzt müssen wir erst die Nachbesprechung des Einsatzes mit Oltbeck über die Bühne bringen.«

Die Ermittler setzten dieses Vorhaben gleich in die Tat um und gingen zum Büro des Dienststellenleiters hinüber. Das SEK-Team war bereits schon wieder per Hubschrauber abgezogen, nachdem sie ihre Mission erfüllt hatten. Das spielte aber keine Rolle, denn der Chef war so euphorisch, als ob er selbst Kannengießer die Schusswaffe entrissen hätte: »Hauptkommissar Krügers Team konnte den Mordverdächtigen unblutig ausschalten, und die Geisel ist wohlauf. Besser hätte es nicht laufen können – und inzwischen habe ich auch eine Vermutung, warum der Täter überhaupt eine Geisel genommen hat.«

Die Kommissare schauten den Chef erwartungsvoll an. Oltbeck schien es zu genießen, dass er einmal einen Informationsvorsprung hatte. Der Hauptkommissar erklärte: »Ich habe wegen Kannengießer mit den Kölner Kollegen telefoniert. Dort erfuhr ich, dass sie für die drei Morde immer noch nicht genügend Beweise gegen ihn haben. Aber gestern fand eine Razzia in seiner Bar statt, in Zusammenarbeit mit dem Zoll. Es ging um Schwarzarbeit. Meiner Meinung nach hat Kannengießer eine telefonische Warnung von einem Mitarbeiter oder Komplizen bekommen und geglaubt, dass ihm nun endlich die Tötungsdelikte nachgewiesen werden konnten. Er musste also glauben, dass seine Festnahme unmittelbar bevorstand. Er konnte nur gegenhalten, indem er in die Offensive ging und Lisa Suttrup in seine Gewalt brachte. Wahrscheinlich wollte er sich wirklich ursprünglich Frau Sander schnappen.«

Ich Schaf musste Kannengießer ja auch noch unter die Nase reiben, dass ich krankgeschrieben war, dachte die Kommissarin verdrossen. Oltbecks Darstellung ergab durchaus einen Sinn: Der Täter musste durch eine falsch verstandene telefonische Warnung zum Handeln gedrängt worden sein.

»Ob es sich wirklich so verhalten hat, wird sich hoffentlich beim Verhör herausstellen«, meinte Enno und fügte hinzu: »Das Toxin ist übrigens eine Mischung, die irgendein skrupelloser Chemiker zusammen gemixt hat und im *Darknet* anbietet. Jeder Verbrecher, der einen Mord begehen möchte, kann es bestellen. Die Substanz ist laut unserer Kriminaltechnik geruchlos und verfügt über keinen Eigengeschmack. Die Wirkung tritt nach zwei oder drei Stunden ein. Der Täter hat also genügend Zeit, sich vom Tatort zu entfernen, nachdem er seinem Opfer das Toxin verabreicht hat. Leider lässt sich die Bestellung des Gifts nicht mit Kannengießer in Verbindung bringen.«

Das ist klar – weil er nämlich Althoff nicht *auf dem Gewissen hat,* dachte Mona. Sie war in diesem Moment clever genug, ihre Meinung für sich zu behalten. Oltbeck hatte sich auf Kannengießer als Tatverdächtigen eingeschossen, was aus seiner Sicht durchaus Sinn ergab: Der Kölner hatte ein starkes Motiv und war in der Vergangenheit wahrscheinlich schon mehrfach zum Mörder geworden. Die Kommissarin bezweifelte trotzdem, dass Kannengießer in diesem Fall der Täter war – wobei sie ihre Einschätzung nicht hätte begründen können.

»Ich schlage vor, dass Sie zunächst noch einmal Ulrike Klose befragen«, sagte Oltbeck. Er fügte hinzu: »Kannengießer will erst mit seinem Anwalt sprechen, der aber erst im Lauf des Tages hier eintreffen wird.«

»Vielen Dank für die Information. Wir halten Sie auf dem Laufenden.«

Mit diesen Worten erhob Enno sich von dem Besucherstuhl und verließ den Raum, gefolgt von Mona. Die beiden gingen in den

Verhörraum, nachdem der Oberkommissar Polizeimeisterin Aiske Berend darum gebeten hatte, Ulrike Klose aus der Arrestzelle zu holen und dorthin zu begleiten.

Mona sagte: »Wir müssen uns bewusst machen, dass es wahrscheinlich eine Gefühlsbindung zwischen Kannengießer und Ulrike Klose gibt – das ist die eine Möglichkeit. Die andere besteht darin, dass sie sich mit dem Kerl nur eingelassen hat, um ihren Freund Althoff zu schützen.«

»Das hörte sich so an, als ob die Befragung eine emotionale Achterbahnfahrt werden könnte«, vermutete der Oberkommissar. »Vielleicht ist es besser, wenn du größtenteils die Fragen stellst.«

Seine Kollegin rollte mit den Augen: »Muss ich jetzt mein weibliches Einfühlungsvermögen entstauben? Nee, Scherz beiseite: Es könnte Ulrike Klose leichterfallen, mit einer Frau über solch intime Dinge zu sprechen.«

Solange ich nicht wieder wie eine Elefantin durch den Porzellanladen stapfe, fügte sie in Gedanken selbstironisch hinzu. Es dauerte noch einige Minuten, bis die uniformierte Kollegin die Verdächtige brachte.

Die Kriminalistin erschrak ein wenig, als die Ulrike Klose erblickte. Die Frau schien seit ihrem letzten Zusammentreffen am Vortag um Jahre gealtert zu sein. Ihre Wangen waren fahl und eingefallen, die Augen gerötet. Sie schien geweint zu haben. Außerdem stand sie vornübergebeugt vor den Ermittlern – als ob sie eine schwere Last auf den Schultern hätte. Sie ließ sich auf einen Stuhl fallen, saß nun Mona und Enno am Tisch direkt gegenüber. Der Oberkommissar belehrte sie noch einmal über ihre Rechte, aber sie wollte auf die Anwesenheit eines Anwalts verzichten. Ulrike Klose schaute die Beamten erwartungsvoll an.

»Nun fragen Sie schon!«, forderte die Kommissarin die Verdächtige auf. Diese Ansage brachte Ulrike Klose aus dem Konzept. Sie wirkte irritiert. Es war, als ob die Rollen plötzlich vertauscht wären.

»Wonach sollte ich mich denn erkundigen, Frau Sander?«

»Sie werden erfahren wollen, wie es Ihrem Freund Kannengießer geht – Sie können sich doch denken, dass wir ihn in der vergangenen Nacht festgenommen haben? Also: Er befindet sich putzmunter im Polizeigewahrsam und sieht einer mehrfachen

Mordanklage entgegen. Und die Frau, die er als Geisel genommen hat, ist glücklicherweise wohlauf.«

Ulrike Klose starrte die Kommissarin an, als ob sie einen Geist vor sich hätte. Sie rang nach Atem, bevor von ihr eine Erwiderung kam: »Bernd ... ich habe Ihnen schon alles gesagt, was ich weiß.«

»Das wird sich zeigen«, meinte Mona trocken. Sie fragte: »Wie kam es überhaupt zu Ihrer Verbindung mit Kannengießer, den sie so vertraut beim Vornamen nennen?«

Ulrike Klose senkte den Blick. Es dauerte einige Sekunden, bis sie wieder den Mund öffnete. Es schien, als würde sie mit sich selbst sprechen: »Udo wollte gegen Bernd aussagen, als es um einen Mordprozess in Köln ging. Bernd fand heraus, dass mein Freund ihn belasten könnte. Und er passte mich ab, als ich eines Tages vom Einkaufen kam. So lernte ich ihn kennen. Er sagte: ›Sie sind eine schöne Frau, Ulrike Klose. Es wäre schade, wenn Sie allein durchs Leben gehen müssten. Sie sollten Udo raten, das Richtige zu tun‹. Und er gab mir seine Mobilnummer. Im ersten Moment wusste ich gar nicht, was ich mit seinem Spruch anfangen sollte. Wobei ich es schon beängstigend fand, dass er meinen Namen und unsere Adresse kannte.«

»Sie und Udo Althoff wohnen also zusammen?«, vergewisserte Mona sich.

»Ja, obwohl ich offiziell immer noch mein eigenes Apartment habe«, lautete die Antwort. »Udo besitzt eine schöne Drei-Zimmer-Wohnung in der Kölner Südstadt, in der Nähe vom Friedenspark. Dort ist es einfach geräumiger als in meiner Bude.«

Die Kommissarin wurde stutzig – ein Millionär, der sich mit einer Etagenwohnung zufriedengab? Aber sie hakte an dieser Stelle nicht ein, weil es ihr momentan hauptsächlich um das Verhältnis zwischen Ulrike Klose und Kannengießer ging. Auf die Wohnsituation konnte sie später immer noch zurückkommen. Die Verdächtige taute nun ein wenig auf, sie wirkte nicht mehr ganz so tranig wie zu Beginn der Befragung. Vielleicht tat es ihr gut, sich einfach alles von der Seele reden zu können.

Sie sagte: »Als ich Udo von der Begegnung erzählte, wurde er sehr nervös. Ich schlug ihm vor, die Polizei zu verständigen. Das wollte er auf keinen Fall tun. Er sagte, dass man einen Mann wie Kannengießer nicht zusätzlich reizen dürfte. Dieser Kerl wäre sehr gefährlich. Ich wollte aber nicht mit einer ständigen Drohung im

Nacken leben. Also beschloss ich, auf eigene Faust mit Bernd Kontakt aufzunehmen.«

»Das war sehr mutig von Ihnen«, stellte Enno fest. Seine Bemerkung schien Ulrike Klose in Verlegenheit zu bringen, zumindest kam es der Kommissarin so vor. Und sie glaubte, den Grund dafür zu kennen.

»Kannengießer ist ein übler Bursche – aber er ist zweifellos auch ein interessanter Mann«, vermutete Mona. Ulrike Kloses Augen begannen zu glänzen.

»Das ist Ihnen also auch aufgefallen!«

Mona schüttelte den Kopf und zeigte ihre Hand mit dem Ehering: »Nee, nicht für mich! Erstens bin ich verheiratet und zweitens stehe ich nicht auf Verbrecher. Ich will darauf hinaus, dass Bernd Kannengießer *Ihnen* gefällt – uns liegt eine Zeugenaussage vor, laut der Sie die Mordnacht bei ihm im *Hotel Teutonia* verbracht haben, obwohl Sie meinem Kollegen gegenüber mehrfach behaupteten, allein im Ferienhaus geblieben zu sein!«

Zwar hatten die Ermittler ihr dies schon einmal mitgeteilt, aber die Kommissarin hielt es trotzdem für wichtig, der Verdächtigen ihre durchschaute Lüge noch einmal vor Augen zu führen.

»Ich wollte nicht, dass Sie schlecht von mir denken«, murmelte sie. »Ich war bei einem anderen Mann, während Udo brutal ermordet wurde. Deshalb fühle ich mich schuldig, das können Sie mir glauben.«

Der letzte Satz ging in einem Schluchzen unter. Kannengießers Komplizin begann zu weinen. Die Ermittler gönnten ihr eine Pause, bis sie sich wieder halbwegs beruhigt hatte. Dieser Mann schien ihr wirklich etwas zu bedeuten. Außerdem hatte Ulrike Klose innerhalb weniger Tage nicht nur ihren Freund Udo Althoff, sondern auch ihren Liebhaber Bernd Kannengießer verloren – wobei Letzterer ja nicht tot war. Allerdings würde er lebenslänglich hinter Gittern verschwinden. Mona wollte jedenfalls alles tun, damit dies passierte.

»Wenn Sie Kannengießer helfen wollen, dann müssen Sie ab sofort die Wahrheit sagen«, machte die Kriminalistin deutlich. »Hat er den Auftrag erteilt, Udo Althoff zu töten?«

Ulrike Klose trocknete ihre Tränen und putzte sich die Nase. Sie schüttelte den Kopf.

»Haben Sie Kannengießer gesagt, wohin Ihr Freund am Abend des 4. August gehen wollte?«, hakte Mona nach.

»Nein, das wusste ich ja selbst nicht. Ich habe ihn nicht gefragt, wo die Verabredung mit dem Anwalt stattfinden sollte.«

Nun schaltete Enno sich in die Befragung ein: »Frau Klose, wollen Sie Ihre Aussage nicht noch einmal überdenken? Die Kanzlei, die Ihr Freund angeblich beauftragt hat, kennt diesen Mandanten gar nicht. Das ist auch nicht verwunderlich, denn Udo Althoff ging keiner bezahlten Tätigkeit nach. Also gibt es auch keinen Chef, gegen den er vor dem Arbeitsgericht prozessieren müsste.«

Ulrike Klose schaute den Oberkommissar an, als ob er den Verstand verloren hätte. »Sie … müssen sich irren! Warum hätte Udo so etwas erfinden sollen? Und überhaupt – er war immer sehr großzügig mir gegenüber. Das Ferienhaus hat er gemietet, ich muss keinen Cent beisteuern. Irgendwoher muss sein Geld ja kommen, nicht wahr?«

Die Kommissare gingen auf den letzten Satz nicht ein. Stattdessen kam Mona noch einmal auf den Verdächtigen zurück: »Seit wann trafen Sie sich mit Kannengießer?«

»Das geht schon seit ein paar Wochen. Ich wollte es immer wieder beenden, wirklich. Aber wenn ich bei ihm bin, werde ich immer wieder schwach«, gestand Ulrike Klose. Diese Worte kamen der Kriminalistin durchaus glaubhaft vor.

»Haben Sie Kannengießer verraten, dass Sie und Althoff Urlaub auf Borkum machen?«, vergewisserte sie sich.

»Ja, ich … habe fast täglich mit ihm telefoniert. Ich weiß, dass es falsch war. Aber ich hoffte, dass Bernd Udo in Ruhe lassen würde, wenn ich mich nur gut mit ihm stelle.«

Mona fragte sich, ob dies ihre ehrliche Meinung war oder sie sich nur selbst etwas vormachte. Ob es allerdings eine Verbindung zwischen Kannengießer und dem Unbekannten aus dem *Restaurant Rhodos* gab, stand bisher keineswegs fest. Die Kommissarin beschrieb den Mann, der zusammen mit Althoff gegessen hatte: »Um wen könnte es sich bei dieser Person handeln, Frau Klose?«

»Das weiß ich wirklich nicht«, beteuerte sie. »Ich würde Ihnen helfen, wenn ich könnte. Mir ist daran gelegen, dass der Mörder gefasst wird. Ich habe Udo nämlich geliebt, auch wenn ich bei Bernd schwach geworden bin.«

»Wussten Sie eigentlich, dass Udo Althoff eine Pistole bei sich hatte, als er starb?«, wollte Enno wissen. Die Freundin des Opfers fiel aus allen Wolken: »Nein, davon hatte ich keine Ahnung, Herr Moll! Udo muss sich dieses Schießeisen heimlich besorgt haben. Er wusste nämlich, dass ich mich vor Waffen fürchte.«

Konnte man dieser Behauptung glauben? Mona wusste nicht, was sie von Ulrike Klose halten sollte. War diese Frau naiv oder besonders raffiniert? Hatte sie gewusst, dass ihr Freund ein Millionenerbe war? Gab es einen Grund für sie, einen Helfer mit dem Giftmord zu beauftragen? Und war es besonders durchtrieben von ihr, sich durch die Nacht mit Kannengießer ein perfektes Alibi zu verschaffen? Die Kommissarin war an der Meinung ihres Kollegen interessiert. Und deshalb wollte sie ihn dringend unter vier Augen sprechen. Sie sagte: »Das wäre für den Moment alles, Frau Klose. Wir entlassen Sie jetzt aus dem Polizeigewahrsam. Da Kannengießer in der Arrestzelle sitzt, besteht keine Gefahr mehr, dass Sie ihn vor uns warnen können. Aber Sie werden demnächst daheim Post von der Staatsanwaltschaft bekommen. Sie stehen unter dem Verdacht, Beihilfe zur Entführung geleistet zu haben – immerhin wussten Sie, dass Ihr Freund eine ›lebendige Lebensversicherung‹ in seine Gewalt bringen wollte.«

Darauf erwiderte Ulrike Klose nichts. Sie bekam wenig später von Grietje ihre persönlichen Dinge zurück, die ihr bei der Festnahme abgenommen worden waren. Als sie die Polizeistation verließ, bewegte sie sich wie in Trance.

»Ich halte Althoff für den Lügner«, meinte der Oberkommissar, als die Ermittler wieder in ihr Dienstzimmer zurückgekehrt waren. »Seine Freundin schien die Geschichte mit dem Anwalt wirklich geglaubt zu haben. Althoff hat sogar den Namen einer echten Kanzlei genannt, um sein Märchen noch glaubhafter erscheinen zu lassen. Der Jurist war ebenso erfunden wie Althoffs angeblicher Chef.«

»Und das begreife ich überhaupt nicht, Enno! Aus welchem Grund hat unser Mordopfer sich gegenüber seiner Freundin als ein Angestellter ausgegeben? Und als mehrfacher Millionenerbe kann er sich bestimmt eine bessere Bleibe leisten als eine Drei-Zimmer-Wohnung!«

»Ich kann ihn schon verstehen«, erwiderte ihr Kollege. »Wenn ich so reich wäre wie Althoff es wohl gewesen ist, dann hätte ich stets

Bedenken, dass Frauen nur wegen meines Geldes etwas von mir wollen. Vielleicht hat Althoff nur gelogen, weil er ein durchschnittliches Leben mit einer Frau führen wollte, die genauso unscheinbar ist, wie er selbst es war.«

»Damit hast du Ulrike Klose gut umschrieben«, sagte Mona. »Und ich frage mich, warum Kannengießer sich mit ihr eingelassen hat. Sie ist nicht der Typ Frau, den ich an der Seite eines Kölner Barbesitzers vermuten würde.«

»Hast du etwa Vorurteile?«, neckte Enno sie. Die Kommissarin schüttelte den Kopf: »Du weißt, was ich meine. Ulrike Klose ist ja nicht unattraktiv – aber ich vermute einfach bei Kannengießer einen anderen Hintergedanken. Er könnte beispielsweise herausgefunden haben, dass Althoff in Wirklichkeit millionenschwer ist. Und die Affäre mit dessen Freundin sollte ihm dazu dienen, die Gewohnheiten seines Opfers auszukundschaften, um Althoff später entführen zu können.«

»Diese Überlegung leuchtet mir ein«, sagte ihr Kollege. »Aber wo kommt Althoffs Restaurant-Begleitung ins Spiel?«

Sie erwiderte:»Gar nicht – weil ich Kannengießer in diesem Fall für unschuldig halte. – Er wird wegen der drei Morde in Köln sowieso lebenslänglich brummen. Das ist aber kein Grund, ihm Althoffs Gifttod auch noch anzuhängen und den wahren Täter entkommen zu lassen.«

»Ich hänge niemandem etwas an«, stellte der Oberkommissar fest.

»Du nicht – aber ich kenne jemanden, der jetzt schon felsenfest von Kannengießers Schuld überzeugt ist.«

»Ich kann dir nicht widersprechen«, seufzte Enno. Gemeint war natürlich Oltbeck. Dass der fantasielose Vorgesetzte den mehrfach mordverdächtigen Kannengießer als Tatperson betrachtete, stand für die Ermittler unausgesprochen fest. Und da es ein überzeugendes Mordmotiv gab, konnte man es dem Chef nicht einmal verdenken. Enno warf einen sehnsüchtigen Blick auf seine Armbanduhr: »Eigentlich ist ja schon fast Mittagszeit ...«

Mona lachte: »Du glaubst nicht, wie mir die Pausen mit dir gefehlt haben! Wollen wir zur Abwechslung mal zum *Strandflair* gehen?«

»Das ist ein erstklassiger Vorschlag«, lautete die Antwort.

Kapitel 11

Das *Strandflair* war eine der für Borkum typischen Milchbuden, in denen man in früheren Zeiten hauptsächlich Milchprodukte für den kleinen Hunger zwischendurch bekam. Heutzutage glichen die Milchbuden eher modernen Strandbars, in denen man unter Sonnenschirmen den Ausblick aufs Meer genießen konnte. Und das gastronomische Angebot reichte von Kaffee, Bier und Cocktails bis zu allerlei kalten und warmen Snacks. Am Strand und auf der Promenade herrschte bei dem schönen Wetter Hochbetrieb. Die Ermittler hatten Glück und konnten trotzdem noch einen freien Tisch auf der Terrasse ergattern. Enno holte am Ausgabefenster Milchreis mit Zimt und Zucker für Mona sowie Backfisch mit Pommes frites für sich selbst. Dazu tranken sie alkoholfreies Bier.

»Althoff hat also seinen finanziellen Status geheim gehalten«, stellte der Oberkommissar fest, »aber er muss einen Steuerberater oder einen Rechtsanwalt haben, der ihn in Vermögensdingen berät.«

»Sprichst du aus Erfahrung?«, scherzte Mona.

»Ich habe nur ein Sparschwein«, gab Enno lächelnd zurück. Dann wurde er wieder ernst: »Althoff hat sich bedroht gefühlt, darüber herrscht bei uns wohl Einigkeit. Er wird sich nicht aus Freude am Schießen eine illegale Waffe besorgt haben. Ihm muss klar gewesen sein, dass er sich dadurch strafbar gemacht hat. Althoff hatte von Kannengießer Übles zu erwarten, aber gibt es noch andere Personen, die ihm an die Gurgel gehen wollten?«

»Diese Frage ist berechtigt«, erwiderte seine Kollegin. »Oberkommissarin Brahms aus Köln hat nichts davon erwähnt, dass er sich wegen einer konkreten Drohung an die Polizei gewandt hätte. Lass uns Kannengießer für den Moment ausklammern. Wenn Althoff von jemand anderem etwas Schlimmes zu befürchten hatte – warum bat er nicht um Schutz? Und mit seinen finanziellen Möglichkeiten hätten er auch einen Bodyguard anheuern können – das geschah ebenfalls nicht.«

»Hast du eine Erklärung dafür, Mona?«

Sie zuckte mit den Schultern: »Vielleicht hatte Althoff selbst etwas zu verbergen und war aus dem Grund nicht allzu interessiert an einem Kontakt mit der Polizei. Andererseits hat er den Einbruch ins Ferienhaus zur Anzeige gebracht. Das passt also nicht zusammen. – Mit Spekulationen kommen wir nicht weiter. Es wäre doch möglich, dass der Eindringling und der Mörder dieselbe Person sind. Immerhin haben wir eine brauchbare Beschreibung von Althoffs Begleiter aus dem *Restaurant Rhodos*. Es kann nichts schaden, wenn wir uns nach dem Essen an der Kaapdelle noch etwas umhören. Vielleicht ist er ja jemandem aufgefallen.«

»Gute Idee«, erwiderte der Oberkommissar, bevor er sich wieder voller Genuss seinem Backfisch widmete. Mona war glücklich, wieder mit ihrem bewährten Kollegen an einem Fall arbeiten zu können. Es war ihr gewaltig gegen den Strich gegangen, nicht nur krankgeschrieben, sondern auch noch unter Verdacht geraten zu sein.

»Ich bin auch froh, dass du wieder da bist«, meinte Enno freundlich lächelnd. Sie stutzte: »Woher weißt du, was ich gerade gedacht habe?«

Er antwortete nicht, sondern zuckte nur mit seinen breiten Schultern.

»Manchmal bist du mir richtig unheimlich«, gestand sie. Nach dem Essen brachen die Ermittler wieder auf und gingen zur Kaapdelle, die sich zwischen der Boeddinghausstraße und dem parallel zum Strand angelegten Giloweg befand. In unmittelbarer Nähe der Kaapdelle befand sich das Große Kaap, dem die Straße ihren Namen verdankte. Das Bauwerk hatte in früheren Zeiten zusammen mit dem Kleinen Kaap und der Oostbake als Navigationshilfe für die Schifffahrt gedient. Heutzutage war es ein historisches Monument – in dessen Nähe man sich aber bei Dunkelheit sehr gut verstecken konnte, wenn man beispielsweise das von Althoff gemietete Ferienhaus aus sicherer Entfernung beobachten wollte. Dies war jedenfalls Monas erster Gedanke, als sie ihren Blick zu dem aus Backsteinen errichteten torähnlichen Gebilde schweifen ließ.

Die Kommissare begannen damit, die Nachbarn zu befragen. Der Erfolg ließ allerdings zunächst auf sich warten. Einige Häuser in der kurzen Straße waren Urlauberunterkünfte, und die Bewohner saßen bei dem schönen Wetter nicht daheim, sondern vergnügten sich vermutlich am Strand. Die *Pension Peters* befand sich nicht weit von dem Ferienhaus entfernt, in dem ein Fenster aufgehebelt worden war. Silke Peters arbeitete gerade in ihrem Minigarten, als sie die Ermittler bemerkte. Die Sechzigjährige trug eine Jeans-

Latzhose und ein rot-weißes Ringelshirt, ihre übliche Alltagskleidung. Sie stützte sich auf ihren Rechen und nickte den Kommissaren freundlich zu.

»Moin, habt ihr den Mord schon aufgeklärt? Hat dieser Kerl gestanden?«

Natürlich wusste die Pensionswirtin darüber Bescheid, dass sich ein Tötungsdelikt ereignet hatte. Neuigkeiten verbreiteten sich auf Borkum schnell, das hatten sie auch schon vor der Erfindung des Internets getan. Ihre zweite Frage bezog sich natürlich auf Kannengießer. Dessen Festnahme in Monas Haus durch das SEK-Team war vermutlich momentan Inselgesprächsthema Nr. 1.

»Wir ermitteln mit Hochdruck«, antwortete Mona, »und wir suchen nach einer Person, die eventuell ein Zeuge sein könnte.«

Sie ließ eine möglichst genaue Beschreibung des Mannes folgen, der mit Althoff griechisch gegessen hatte. Silke Peters nickte eifrig: »Ja, so einen Kerl habe ich hier neulich herumschleichen sehen! Ich habe ihn sogar angesprochen!«

Monas Puls beschleunigte sich: »Worum ging es denn?«

»Als Pensionswirtin bekommt man nach und nach einen Sinn dafür, wenn zum Beispiel mit einem Gast etwas faul ist«, begann die Zeugin, »und dieser Blonde kam mir ziemlich seltsam vor. Er schlenderte herum, schien kein rechtes Ziel zu haben. Aber ein richtiger Spaziergänger war er auch nicht. Außerdem ist die Kaapdelle keine Flaniermeile. Wer hier erscheint, will in seine Unterkunft oder zum Strand oder in die Dünen. Aber der Kerl hielt sich bestimmt mindestens eine halbe Stunde vor meinem Küchenfenster auf. Da habe ich ihn gefragt, ob ich ihm helfen könne.«

»Und wie reagierte er?«, wollte Enno wissen.

»Wie ein Kind, das beim Griff in die Keksdose erwischt wird«, meinte Silke Peters lächelnd. »Er kam mir wie ein ertappter Sünder vor. ›Ich suche meinen Hund‹, stammelte er. Aber eine Leine konnte ich bei ihm nicht sehen. Dann wollte ich wissen, welche Rasse sein Vierbeiner hätte. Er ging gar nicht darauf ein und behauptete, am Strand nach dem Tier Ausschau halten zu wollen. Dann haute er ab. Seitdem hab ich ihn nicht mehr gesehen. Aber diese Pfeife kann doch mit dem Mord nichts zu tun haben, oder? Der sah völlig harmlos aus. Und den Täter habt ihr zum Glück schon geschnappt!«

95

Schön wär's, dachte die Kommissarin. Ihrer Meinung nach wurde der Blonde mit Bauch immer verdächtiger. Sie hakte nach: »Erinnerst du dich noch, wann das ungefähr war?«

»Das war am 3. August, schon ziemlich spät abends, 22 Uhr ungefähr. Ich hatte lange gearbeitet, weil am nächsten Tag gleich drei Zimmer neu belegt werden mussten.«

Vermutlich war der Verdächtige im Schutz der Dunkelheit zur Kaapdelle zurückgekehrt und hatte den geplanten Einbruch dann in die Tat umgesetzt. Das war jedenfalls Monas naheliegendste Schlussfolgerung. Hatte der Täter vielleicht in dem Ferienhaus gefunden, was er gesucht hatte? War deshalb das Treffen im griechischen Lokal zustande gekommen?

»Du hättest ruhig die Polizei verständigen können«, sagte der Oberkommissar mit mildem Tadel in der Stimme zu der Pensionswirtin.

Das wollte Silke Peters nicht auf sich sitzen lassen. Sie stemmte die Fäuste gegen ihre Hüften: »Ist das dein Ernst, Enno? Ihr habt doch bestimmt Besseres zu tun als hinter so einem verklemmten Spanner her zu sein. Wahrscheinlich hat dieser Grottenolm auf eine der Bikini-Schönheiten gelauert, die durch unsere Straße zum Strand gehen oder von dort zurückkehren. Außerdem ist es nicht verboten, irgendwo herumzustehen.«

Damit hatte die resolute Dame zweifellos recht. Hätte eine polizeiliche Ansprache des Blonden den Mord verhindern können? Diese Frage würde sich wohl niemals beantworten lassen. Allerdings ging Mona davon aus, dass der Mord an Althoff von langer Hand geplant war. Das spezielle chemische Gift musste erst bestellt und dann ausgeliefert werden. Woher hatte der Verdächtige gewusst, in welchem Ferienhaus das Paar untergekommen war? Gab es vorher einen Telefonkontakt zwischen Althoff und seinem späteren Mörder? Dieser Gedanke erinnerte die Kommissarin daran, dass die Einzelverbindungsnachweise des Opfers immer noch nicht da waren.

Vielleicht sollte ich *dort mal anrufen und nachhaken*, dachte sie. Enno war bei einigen Dingen einfach zu nett. Und die Kriminalistin hatte so richtig Lust, jemanden fernmündlich zur Schnecke zu machen. Ihr war im Gespräch mit der Pensionswirtin noch ein anderes Detail aufgefallen: »Silke, warum hast du den Blonden eben als Grottenolm bezeichnet?«

»Weil er so aussieht, Mona. Hier auf der Insel sind wir ja alle mehr oder weniger braungebrannt, und die meisten Urlauber kriegen auch nach ein paar Tagen einen gesunden Teint. Aber dieser Kerl ist wirklich auffallend blass.«

Das war nach Monas Meinung ein wichtiges Detail. Es konnte bei der Fahndung helfen. Die Kommissare bedankten sich bei der aufmerksamen Pensionswirtin und wollten ihre Befragungen fortsetzen. Doch in den nächsten drei Häusern war niemand anwesend.

»Die Reaktion des Blonden auf Silke Ansage passt irgendwie nicht zu einem eiskalten Mörder«, dachte Mona laut nach.

»Wie man es nimmt«, widersprach ihr Kollege. »Vergiss nicht, dass wir es mit einem Giftmörder zu tun haben. Das ist eine Tatausführung für Verbrecher, die einen Menschen nicht mit einer Messerklinge oder einer Pistolenkugel ins Jenseits befördern wollen. Sie scheuen die direkte Konfrontation und wählen lieber ein Toxin. Da müssen sie keine Gegenwehr ihres Opfers befürchten.«

»Deine Weisheit überzeugt mich – kein Wunder, dass du Oberkommissar bist und ich nur Kommissarin«, scherzte sie. Wobei Mona ihm in der Sache recht gab.

Nachdem sie die Kaapdelle gänzlich durchschritten hatten, schaute Enno auf die Uhr: »Wir sollten zur Wache zurückkehren. Falls Kannengießers Anwalt schon auf Borkum eingetroffen ist und mit seinem Mandanten palavert hat, können wir das Verhör vielleicht noch heute über die Bühne bringen.«

Mona nickte grimmig. Sie wollte unbedingt dem Mann gegenübersitzen, der in ihr Haus eingedrungen war und vermutlich sie als Geisel hatte nehmen wollen. Gleichzeitig machte sie sich bewusst, dass sie nicht aus der Rolle fallen durfte. Wenn die Kommissarin sich im Ton vergriff – was bei ihrem über-schäumenden Temperament durchaus passieren konnte – würde der Verteidiger des Kriminellen dies gleich zu Kannengießers Gunsten verwenden. Als die Ermittler wenig später die Polizeistation betraten, telefonierte Grietje gerade. Ihrem gurrenden Tonfall und ihrem verzückten Gesichtsausdruck nach zu urteilen hatte sie gerade mit dem athletischen SEK-Kollegen Kontakt. Mona hob den Daumen und ging grinsend an ihr vorbei.

»Neue Liebe?«, fragte Enno, nachdem sie in ihrem Dienstzimmer die Tür hinter sich geschlossen hatten.

»Das musst du unsere junge Kollegin schon selbst fragen«, gab Mona zurück. Sie hob einen Schnellhefter von ihrem Schreibtisch auf, blickte hinein: »Das glaube ich jetzt nicht!«

»Was gibt es denn?«

»Das hier sind Althoffs Einzelverbindungsnachweise! Ich hatte mich eigentlich schon darauf eingestellt, einen Mitarbeiter des Mobilfunkanbieters zusammenzufalten – aber natürlich ist es viel konstruktiver, diese Liste durchzuarbeiten!«

Die Kommissarin begann ganz am Ende – bei dem letzten Telefonat, das Althoff vor seinem Tod geführt hatte. Das war um 20.03 Uhr am 4. August gewesen. Und der Anruf kam von einer Nummer, die stark nach einem niederländischen Prepaid-Handy aussah. Mona tippte die Zahlenfolge in ihr eigenes Gerät: »*Het nummer, dat U hebt gebeld, is momenteel niet bezet.*«

Das wäre auch zu schön gewesen, dachte sie. Auch das vorletzte Gespräch war mit diesem Gerät geführt worden, es hatte nicht länger als 33 Sekunden gedauert.

»Kein Anschluss unter dieser Nummer«, sagte sie zu Enno und versuchte nicht, ihre Enttäuschung zu verbergen.

»So schnell lassen wir uns nicht unterkriegen. Mach einfach weiter, ich kann das andere Blatt abarbeiten«, erwiderte er. Die Liste bestand aus zwei Seiten. Mona nahm nacheinander Kontakt mit einem Blumenladen, einem Versicherungsvertreter und einer Eisenwarenhandlung auf. Bei der Floristin hatte Althoff Blumen bestellt gehabt, die zur Kaapdelle geliefert werden sollten. Der Versicherungsmensch hatte versucht, Althoff als Kunden zu gewinnen, und war von ihm abgebügelt worden. Aber der Eisenwarenhändler Nanninga aus Emden reagierte seltsam auf Monas Anruf: »So, von der Polizei sind Sie? Ich habe mir gleich gedacht, dass mit diesem Althoff etwas nicht stimmt. Im ersten Moment glaubte ich, er wolle mich nur veräppeln.«

»Wie kommen Sie darauf, Herr Nanninga?«

»Althoff erkundigte sich nach Metallschellen, mit denen man die Handgelenke eines Menschen an der Wand fixieren konnte. Wie in einem mittelalterlichen Folterkeller, verstehen Sie? Ich fragte natürlich, wozu er solches Zeug braucht. Erst erwiderte er, das würde mich nichts angehen. Aber als ich nicht lockerließ, behauptete er, die Gerätschaften für erotische Spiele erwerben zu wollen. Natürlich hätte ich von meinen Fähigkeiten her solche Schellen herstellen können. Ich lehnte ab, weil mir die Sache nicht geheuer vorkam. Althoff wurde ärgerlich und legte auf. Hat er sich inzwischen anderweitig diesen SM-Kram besorgt?«

»Dazu kann ich nichts sagen. – Welchen Eindruck machte Ihr vermeintlicher Kunde am Telefon auf Sie?«, wollte die Kommissarin wissen. »Wirkte er verängstigt oder gestresst?«

»Anfangs hörte er sich neutral an, und als ich nicht nach seiner Pfeife tanzen wollte, wurde er gereizt«, antwortete Nanninga.

Mona bedankte sich und beendete das Telefonat. Nachdem auch Ennos momentanes Gespräch vorbei war, berichtete sie ihm die Neuigkeit.

»Vielleicht hänge ich zu sehr an Klischees, aber nach Lack und Leder sah bei Althoff und Ulrike Klose nun wirklich überhaupt nichts aus«, stellte er fest.

»Es kann ja möglich sein, dass die beiden die harte Tour mögen – ich vermute allerdings eher, dass Althoff die Metallschellen benötigte, um einen Widersacher effektiv zu fesseln«, meinte Mona.

»Und diese Person gilt es, zu finden.«

Nachdem der Oberkommissar diesen Satz gesagt hatte, machte er mit dem Telefonieren weiter. Seine Kollegin ging hinaus, um Tee zu kochen. Noch war nicht klar, ob Kannengießers Anwalt sich schon auf Borkum befand. Nachdem Mona den Tee, das Stövchen, die Tassen, Kluntjes und Sahne auf ein Tablett gestellt hatte, kehrte sie in ihr Büro zurück.

Enno gestikulierte in ihre Richtung, er sagte: »Ab sofort hört Kommissarin Sander mit, wenn es Ihnen recht ist, Herr Dr. Lessing.« Er schaltete den Lautsprecher ein. Nun war eine tiefe Männerstimme zu hören: »Meinetwegen kann die gesamte Borkumer Wache unser Telefonat verfolgen, Herr Moll. – Sie als Polizeibeamter sollten eigentlich mit der Schweigepflicht vertraut sein, der wir Juristen unterliegen.«

»Sie sind Notar, wenn ich Sie richtig verstanden habe«, sagte Enno ruhig. »Ihr Mandant lebt nicht mehr, wir gehen von einem Tötungsdelikt aus. Sind Sie mit seinem Testament vertraut?«

Für einen Moment herrschte Stille in der Leitung. Die Nachricht von Althoffs Tod schien Dr. Lessing zu überraschen. Als er sich wieder meldete, hörte er sich schon etwas entgegenkommender an: »Ja, ich habe seinen Letzten Willen in seinem Auftrag zu Papier gebracht. Sie gehen davon aus, dass Herr Althoff wegen seines Besitzes getötet wurde? Ich kann verstehen, dass Ihnen diese Annahme plausibel vorkommen muss. Insbesondere, wenn man an sein großes Vermögen denkt. Aber in dieser Hinsicht muss ich Sie enttäuschen. Mein Mandant folgte ganz der Tradition seines Vaters, der seinen Besitz auf seine Kinder verteilen wollte. Udo Althoff war das einzige Kind, insofern war er Alleinerbe. Verheiratet war er nicht, so dass auch seine Lebensgefährtin beim Erbe leer ausgehen wird. Seine Eltern leben nicht mehr; falls er Geschwister oder Halbgeschwister hätte, könnten diese sich über plötzlichen Reichtum freuen. Aber wenn sich innerhalb der nächsten acht Wochen niemand seine Ansprüche geltend macht, kommen Herrn Althoffs Besitztümer ausschließlich dem Tierschutz zugute. So hat er es verfügt.«

Die Tatsache, dass sein Mandant nicht mehr lebte, hatte die Zunge des Notars gelöst. Enno unternahm einen weiteren Vorstoß: »Könnten Sie andeuten, worum es bei Ihrem letzten Telefonat mit Udo Althoff ging?«

»Er wollte sein Testament ändern – Geschwister und Halbgeschwister sollten nur noch einen Pflichtteil bekommen, immer vorausgesetzt, dass sie sich überhaupt melden und ihre Verwandtschaft nachweisen können. Das meiste war für seine zukünftige Ehefrau vorgesehen. Er hatte also vor, Ulrike Klose einen Heiratsantrag zu machen. Aber das wird jetzt wohl nicht mehr geschehen. Ich habe zwar schon eine neue Fassung ausgearbeitet, sie ihm aber noch nicht zur Unterschrift vorlegen können.«

»Welchen Eindruck hatten Sie von Ihrem Mandanten bei dem Telefonat?«, wollte der Oberkommissar wissen.

»Wie meinen Sie das?«, lautete die Gegenfrage.

»Wirkte er angespannt oder verängstigt oder wütend? War er emotional oder eher sachlich?«

»Auf eine solche Spekulation kann ich mich nicht einlassen«, schnarrte Dr. Lessing. »Es war nur auffällig, dass Herr Althoff sich sozusagen außer der Reihe bei mir meldete. Normalerweise haben wir nur einmal im Jahr Kontakt, nämlich im Januar oder Februar.

Die Tatsache, dass er sich im August völlig unerwartet abermals meldete, erschien mir bemerkenswert.«

Enno bedankte sich für die Informationen und legte auf. Mona applaudierte: »Ich gratuliere dir! Mir wäre es garantiert nicht gelungen, diesen zugeknöpften Paragrafenhengst ein paar wichtige Details zu entlocken. Dr. Lessing gehört wahrscheinlich zu den Leuten, die sich die Hose mit der Kneifzange anziehen!«

»Sei bitte friedlich«, gab ihr Kollege lachend zurück. »Immerhin haben wir jetzt handfeste Hinweise auf einen weiteren Verdächtigen – obwohl wir dessen Namen noch nicht kennen.«

»Du gehst von einem Bruder oder Halbbruder aus, der plötzlich aus der Versenkung aufgetaucht ist?«

Enno beantwortete Monas Frage mit einem Nicken: »Ja, das würde zumindest einen Sinn ergeben. Ich stelle es mir so vor: Althoff erfährt von der Existenz dieses Menschen. Er hat aber keine Lust, einem ihm völlig Fremden etwas zu vererben. Und er will seine Ulrike heiraten, damit sie die Nutznießerin wird. Aber bevor dies geschehen kann, stirbt er. Nun erbt derjenige, der Althoff vermutlich auf dem Gewissen hat.«

Mona schnippte mit den Fingern: »Und die Umstände spielen dem Täter in die Karten! Für unseren verehrten Chef ist Kannengießer ohnehin Staatsfeind Nummer eins – seine kriminelle Energie hat der Kölner Barbesitzer ja schon mehrfach unter Beweis gestellt. Und bei Kannengießer sind Motiv und Gelegenheit vorhanden. Ulrike Klose liefert ihm für die Tatnacht ein Alibi? Das spielt keine Rolle – das Gift kann Althoff durch einen von Kannengießer bezahlten Handlanger untergejubelt worden sein. Und solange wir diese Person nicht finden, hat der wahre Mörder gute Chancen, mit seinem Verbrechen ungestraft davonzukommen.«

Der Oberkommissar erwiderte nichts. Er lehnte sich in seinem Bürostuhl zurück und schaute aus dem Fenster auf die belebte Strandstraße. Enno war in Gedanken versunken. Nach einer Weile sagte er: »Es tut mir leid, aber du hältst den Schlüssel zur Lösung des Rätsels in Händen.«

»Ich?«

Monas Nachfrage klang nicht sehr intelligent, aber im nächsten Moment erkannte sie, worauf er hinauswollte: »Mir ist immer noch nicht eingefallen, aus welchem Grund Althoff nach der Einbruchanzeige mein Misstrauen geweckt hat. Und mir ist nach wie vor schleierhaft, warum er nachts in diesen Strandwald gegangen ist.«

»Der Täter aus dem Restaurant wollte sich vergewissern, dass sein Opfer auch wirklich an dem Gift zugrunde geht«, vermutete der Oberkommissar. Er fuhr fort: »Also folgte der Verbrecher Althoff mit gebührendem Abstand. Dabei stellte er fest, dass auch du dich an die Fersen seines Opfers geheftet hattest. Im Gehölz war es schließlich dunkel genug, um die Sache zu beenden. Vielleicht ist Althoff einfach umgekippt, als das Toxin seine Wirkung entfaltete. Du wolltest ihm natürlich helfen, bis zu ihm geeilt und wolltest wahrscheinlich den Notruf alarmieren. Das musste der Mörder verhindern. Er schlug dich nieder – und erkannte die perfekte Gelegenheit, dich als Verdächtige aufzubauen. Der Täter zog sein Messer über Althoffs Kehle und legte es in deine Hand. Zuvor hatte er deine Taschen geleert. Da wird er begriffen haben, dass du eine Polizistin bist. Aber das hat ihn offenbar nicht von seinem Vorhaben abgehalten.«

»Einverstanden – wobei ich nicht begreife, weshalb er nicht auch Althoffs Sachen mitgenommen hat«, gab Mona zu bedenken. Enno sagte: »Er wollte ja, dass die Identität des Opfers möglichst bald geklärt wird – desto schneller kommt er an das Vermögen. Und ich wette mit dir, dass es sich bei dem Blonden mit Bauch nicht um den Erben, sondern um einen Komplizen handelt. Dieser Täter ist gerissen. Er wird sich nicht bei Gyros und Wein mit dem Mann getroffen haben, den er töten und beerben will.«

Grietje riss die Tür des Dienstzimmers auf – wie üblich, ohne vorher anzuklopfen: »Kannengießers Anwalt ist jetzt eingetroffen!«

Kapitel 12

Den Kommissaren blieb noch etwas Zeit, um ihren Tee zu trinken und sich auf das Verhör vorzubereiten.

»Die Freiheitsberaubung und Bedrohung deiner Nachbarin kann auch der beste Rechtsbeistand nicht wegdiskutieren«, stellte der Oberkommissar fest. »Kannengießer hat freundlicherweise eine Pistole benutzt, für die er keinen Waffenschein besitzt. Deshalb können wir ihn noch zusätzlich festnageln. Aber wir haben jetzt die absurde Situation, dass wir gleichzeitig seine Unschuld beweisen müssen, was den Mord an Althoff angeht.«

Enno seufzte. »Es wird sich alles finden. – Ich frage mich, ob bei dem Einbruch wirklich nichts gestohlen wurde. Althoff war uns gegenüber ja nicht sehr ehrlich, und Ulrike Klose neigt auch zum Lügen.«

»Ich stelle mir vor, dass Althoff diesen Erben in seine Gewalt bringen wollte«, vermutete seine Kollegin. »Dafür benötigte er die Schusswaffe, und später die Metallschellen – gut, die hatte er noch nicht, aber ein Seil hätte es auch getan. Das ist aber reine Spekulation, wir müssen uns jetzt erst um Kannengießer kümmern.«

»Ich habe vorhin einen aufschlussreichen Anruf aus Köln bekommen, als du gerade Tee gekocht hast.«

»Lässt du mich an deinem Wissen teilhaben?«, bat Mona.

»Vertrau mir, ich werde bei der Befragung die Bombe platzen lassen«, versprach ihr Kollege. Sie beschloss, sich in Geduld zu üben. Umso gespannter war sie auf die Informationen, die Enno einstweilen noch zurückhielt.

Nachdem der Anwalt sich ausgiebig mit seinem Mandanten beraten hatte, machte er sich mit den Kommissaren bekannt. Dr. Heiner Bornemann war ein rundlicher Herr mit Nickelbrille, der in seinem Tweedanzug mit Weste höchst unpassend für einen Augusttag auf Borkum angezogen war. Trotzdem schien er nicht zu schwitzen. Nachdem Kannengießer und sein Rechtsbeistand im Verhörraum gegenüber von Mona und Enno am Tisch Platz genommen hatten, kam Dr. Bornemann sofort zur Sache: »Mein Mandant bedauert, in Frau Sanders Haus eingedrungen zu sein. Es war aber zu keinem Zeitpunkt seine Absicht, die dort befindliche Lisa Suttrup zu schädigen.«

»Ach, ist das so?«, spottete Mona. »Und warum hat er ihr eine Pistole vor die Nase gehalten?«

Während sie diese Frage stellte, schaute sie nicht den Juristen, sondern Kannengießer selbst an. Sie hatte sich nicht ohne Grund direkt ihm gegenüber hingesetzt. Sie wollte dem Mann ins Gesicht schauen, der ihre Freundin in seine Gewalt gebracht hatte. Der Kriminelle hielt ihrem Blick stand. Sein schmallippiger Mund wurde von einem verächtlichen Lächeln umspielt – so, als ob er seine Verhaftung und spätere Verurteilung gar nicht ernst nehmen würde. Seine Körpersprache passte nicht zu der Rolle des reuigen Sünders, die Dr. Bornemann ihm offenbar verpassen wollte. Nach Meinung der Kommissarin würde er sofort wieder töten, wenn sich ihm die Gelegenheit dazu böte. Angesichts seiner bedrohlichen Ausstrahlung konnte Mona schon verstehen, dass Lisa bei diesem Anblick Panik gehabt hatte. Die Kriminalistin wollte sich allerdings nicht ins Bockshorn jagen lassen.

»Ich weiß nicht mehr, ob ich eine Pistole in der Hand hatte oder nicht«, behauptete der Verdächtige. Sein Verteidiger sekundierte ihm: »Mein Mandant befand sich in einem psychischen Ausnahmezustand, als er diese Dummheit begangen hat. Ich werde ein ärztliches Attest nachreichen, um dies zu belegen.«

Die Kommissarin erkannte Dr. Bornemanns Strategie: Er wollte Kannengießer bescheinigen lassen, dass der Täter zur fraglichen Zeit nicht bei Verstand gewesen war. Ob der Richter beim späteren Prozess sich davon überzeugen ließ, stand auf einem anderen Blatt. Mona war keine Psychologin – aber sie erkannte einen Lügner, wenn er vor ihr saß. Sie wandte sich wieder an den Verdächtigen selbst: »Warum wollten Sie mich eigentlich besuchen, mit einer Schusswaffe in der Tasche?«

»Daran erinnere ich mich nicht«, erwiderte er. Der Anwalt nickte wohlwollend – wie ein Lehrer, wenn sein Musterschüler eine Frage richtig beantwortet hat. Die Kommissarin legte nun ein Foto auf den Tisch, das die Kriminaltechniker im Strandwald gemacht hatten. Darauf war Althoffs Leiche zu sehen. Sie sagte: »Kennen Sie diesen Mann, Herr Kannengießer? Falls Ihr Gedächtnis Sie wieder im Stich lässt – das ist Udo Althoff. Er wurde hier auf Borkum umgebracht. Und er hat bei der Kölner Polizei eine Zeugenaussage gemacht, durch die Sie bei dortigen Mordermittlungen stark belastet werden.«

Der Anwalt wirkte überrascht. Hatte sein Mandant ihm gegenüber diesen Teil der Geschichte weggelassen? Bevor Dr. Bornemann etwas sagen konnte, öffnete Kannengießer den Mund.

»Na, und wenn schon! Ihre Kollegen können mir nichts nachweisen, sonst wäre ich wohl kaum auf freiem Fuß.«

Mona beugte sich vor, während sie mit dem Zeigefinger auf das Bild tippte: »Ehrlich gesagt glaube ich auch nicht, dass Sie Althoff getötet haben. Aber Sie haben ein Problem: Der wahre Mörder wird davonkommen, weil Sie Motiv und Gelegenheit für die Tat hatten – nicht zuletzt dank Ihrer Affäre mit Ulrike Klose. Man könnte glauben, dass Sie einen Rivalen aus dem Weg räumen wollten.«

Das Lächeln verschwand vom Gesicht des Kriminellen. Er kniff die Augen zusammen: »Wenn ich Althoff auf dem Gewissen hätte, würden Sie es mir niemals nachweisen können!«

Das waren nicht die Worte, die sich der Verteidiger von seinem Mandanten gewünscht hätte.

»Ich weiß wirklich nicht, warum Sie jetzt über diesen anderen Fall sprechen, Frau Sander!«, tadelte Dr. Bornemann. »Mein Mandant hat doch bereits eingeräumt, in Ihr Haus eingedrungen zu sein.«

»Ja, das habe ich mitbekommen«, gab Mona zurück. »Und ich bin nicht diejenige, die Herrn Kannengießer für den Mörder von Udo Althoff hält. Wenn er das Risiko eingehen will, dass ihm die Tat in die Schuhe geschoben wird, dann kann ich daran nichts ändern. Ich weiß nur so viel: Der wahre Mörder ist bisher ziemlich raffiniert vorgegangen.«

Die Kommissarin hätte einiges darum gegeben, in diesem Moment Kannengießers Gedanken lesen zu können. Dieser Mann war nicht dumm. Bisher hatte er es geschafft, trotz dreier Morde der Strafverfolgung zu entgehen. Wenn er jetzt wegen eines Verbrechens verurteilt wurde, das er überhaupt nicht begangen hatte, wäre das eine seltsame Ironie des Schicksals. Einen Moment lang herrschte Stille, dann öffnete Kannengießer wieder den Mund.

»Althoff hatte Fracksausen.«

»Sie meinen: Er fürchtete sich vor Ihnen?«, hakte Enno nach.

»Ich hätte ihm kein Haar gekrümmt, weil ich von ihm nichts befürchtete«, behauptete der Verdächtige.

Dieser Satz war angesichts von Kannengießers Ruf ein Hohn, aber Mona wollte etwas anderes wissen: »Wie kam eigentlich Ihr Kontakt mit Ulrike Klose zustande?«

»Sie erschien eines Abends in meiner Bar und flehte mich an, nichts gegen ihren Freund zu unternehmen – was ich auch gar nicht vorhatte«, antwortete der Verdächtige. »Ich spendierte ihr einen Drink, um sie zu beruhigen. Und dann hat es zwischen uns gefunkt, so etwas passiert eben. – Aber Althoff hatte Angst – nicht vor mir, sondern vor einem Kerl namens Boysen.«

Mit diesem Namen konnte Mona nichts anfangen. Hatte Kannengießer nur eine Nebelkerze abgebrannt, um von sich abzulenken? Sie hakte nach: »Woher wollen Sie das wissen? Hat Althoff sich Ihnen anvertraut?«

Er lachte, als ob sie einen Scherz gemacht hätte: »Nee, ganz bestimmt nicht. Ulrike hat es mir erzählt. Sie wissen ja jetzt, dass Althoffs Freundin und ich uns … nähergekommen sind. Von ihr habe ich erfahren, dass ihr Freund gelegentlich Alpträume hatte und im Schlaf diesen Namen murmelte. Ich habe keine Ahnung, ob dieser Boysen überhaupt existiert. Es ist *Ihr* Job, das herauszufinden.«

Was du nicht sagst, dachte Mona. Sie erwiderte: »Wenn Boysen nicht nur eine Traumgestalt ist, werden wir ihn schon auftreiben. Ich weiß jetzt allerdings immer noch nicht, warum Sie in mein Haus eingedrungen sind und meine Nachbarin als Geisel genommen haben!«

»Das sind haltlose Unterstellungen, Frau Sander«, meckerte der Anwalt. »Können Sie die Absichten meines Mandanten beweisen?«

»Dass Herr Kannengießer sich bewaffnet in dem Haus in der Grönlandstrate befand, ist eine Tatsache«, stellte der Oberkommissar fest. »Und meine Kollegin hat ihn ganz gewiss nicht dorthin eingeladen.«

Mona war sicher, dass sie als Geisel hatte dienen sollen, weil Kannengießer wegen der Morde in Köln eine Trumpfkarte benötigte. Aber er würde nicht so blöd sein, dies zu gestehen. Dadurch würde er ja indirekt zugeben, die drei Toten auf dem Gewissen zu haben.

»Ich kann mich nicht mehr erinnern, warum ich zu Ihnen wollte«, sagte der Verdächtige.

Ja, Gedächtnisverlust lässt sich auch hervorragend vortäuschen, dachte die Kommissarin wütend.

Dass dieser Mann die Ermittlungen im Mordfall Althoff noch weiter voranbringen konnte, erschien ihr höchst unwahrscheinlich. Enno entging natürlich ihre plötzliche Geistesabwesenheit nicht; es gab niemanden, der sie so gut kannte wie der Oberkommissar. Er stellte noch einige Fragen – wollte wissen, woher Kannengießer seine Waffe hatte oder wie er an Monas Adresse gekommen war. Der Verdächtige berief sich weiterhin auf seinen Geisteszustand und spielte den Ahnungslosen. Plötzlich fragte Enno: »Sagt Ihnen der Name Ralf Brückner etwas?«

Kannengießer blieb äußerlich gelassen: »Nicht dass ich wüsste.«

»Das ist seltsam«, meinte der Oberkommissar und fuhr fort: »Unsere Kölner Kollegen haben Brückner verhaftet. Er hat in Ihrer Bar gejobbt, außerdem scheint er in illegale Machenschaften verwickelt gewesen zu sein. Unmittelbar vor einer polizeilichen Razzia hat er Sie auf Ihrem Smartphone angerufen, das Gespräch dauerte nur wenige Sekunden. Wahrscheinlich wollte er Sie warnen. Die Zeit reichte allerdings nicht, um zu erklären, dass es bei der Maßnahme nicht um die drei Morde, sondern ›nur‹ um Schwarzarbeit ging. Unmittelbar nach dem Telefonat wurde sein Gerät beschlagnahmt, so dass er keine genauere Erklärung abgeben konnte. Sie nahmen offenbar an, dass wir Ihnen dicht auf den Fersen waren und Sie sich nur mithilfe einer Geisel aus der Affäre ziehen konnten.«

»Eine hübsche Geschichte, lässt sie sich auch beweisen?«, fragte Dr. Bornemann.

Enno erwiderte: »Daran arbeiten unsere Kölner Kollegen. Offenbar verfügt Herr Kannengießer über gute Verbindungen in den Niederlanden. Es scheint, als ob er sich durch ein Privatflugzeug auf Borkum hatte abholen lassen wollen, aber das ist noch nicht ganz klar. Ihr Mandant wird morgen aufs Festland überstellt, wo ein Richter über die Verhängung von Untersuchungshaft entscheiden wird.«

»Wenn das so ist, werde ich bei der Gelegenheit auf sofortige Freilassung drängen. Herr Kannengießer ist ein kranker Mann, der in Behandlung gehört!«

Nachdem er dem Verdächtigen aufmunternd auf die Schulter geklopft hatte, griff er seine Aktentasche und verließ die Wache.

Ob dem Täter auf diesem Weg tatsächlich die Flucht hätte gelingen können? Es war müßig, darüber zu spekulieren. Mona dachte über etwas anderes nach. Enno schaffte Kannengießer zurück in die Arrestzelle. Als er wieder den Verhörraum betrat, sagte er: »Dir geht doch etwas durch den Kopf, das ist mir nicht entgangen.«

»Ist das so offensichtlich? – Ja, ich frage mich, ob es noch irgendwelche anderen Hinweise auf diesen Boysen gibt, die wir vielleicht übersehen haben.«

Enno erwiderte: »Wobei ich gar nicht sicher bin, ob dieser Boysen überhaupt existiert. Althoffs Mörder hat einen raffinierten Plan ausgeheckt, der wahrscheinlich in jedem Fall funktioniert hätte. Apropos: Was hältst du eigentlich davon, dass Althoff diesen Namen – Boysen – im Schlaf gemurmelt haben soll?«

Mona sagte: »Ich weiß auch nicht, ob das nur ein Täuschungsmanöver war – vielleicht hat Kannengießer sich diesen Kerl nur ausgedacht, um uns zu veräppeln. Oder Ulrike Klose hat diesen Boysen erfunden, sie nimmt es mit der Wahrheit ohnehin nicht so genau. – Warum hat sie uns verschwiegen, dass sich Althoff speziell vor Boysen fürchtete?«

»Mir schwirrt allmählich der Kopf von all diesen Lügen und Halbwahrheiten«, gestand der Oberkommissar. »Lass uns nachschauen, ob wir irgendwo in Althoffs Umfeld auf den Namen Boysen stoßen.«

Beide gingen an ihre Rechner, nachdem sie in ihr Dienstzimmer zurückgekehrt waren. Mona tippte den Namen des Opfers in eine Suchmaschine.

Udo Althoff hatte sein Leben größtenteils vor der Öffentlichkeit verborgen, aber über seine Familie ließ sich trotzdem viel herausfinden. Mona las im Internet, dass Althoffs Urgroßvater mit einer eigenen Wollspinnerei den Grundstein für den Wohlstand seiner Nachfahren gelegt hatte. Althoffs Opa war es gewesen, der die Althoffwerke mit ihren mehreren tausend Arbeitern schuf. Und Udos Vater schließlich hatte das millionenschwere Unternehmen gerade noch rechtzeitig verkauft, bevor die deutsche Textilindustrie in eine Krise stürzte.

»Ich habe etwas gefunden!«

Ennos Ruf ließ sie aufspringen und zu ihm hinübergehen. Er hatte im Internet einen Zeitungsausschnitt entdeckt, der Udo Althoffs Vater Heinrich bei einem Firmenjubiläum zeigte. Er saß an seinem imposanten Eichenschreibtisch, hinter ihm standen seine engsten

Mitarbeiter. Und das waren laut Bildunterschrift Jürgen Pansen (Geschäftsführer), Friedhelm Laub (Buchführung) – und Hannelore Boysen (Chefsekretärin).

Kapitel 13

»Der absolute Klassiker!«, stieß Mona hervor, während sie die Augen verdrehte. »Boss in den besten Jahren schwängert junge Sekretärin. Und viele Jahre später vergiftet ihr Sohn seinen Halbbruder, um das Millionenerbe anzutreten. So etwas nennt man wohl eine Familientragödie.«

»Noch wissen wir nicht, ob es sich wirklich so abgespielt hat«, gab Enno zu bedenken. Er fügte hinzu: »Allerdings spricht einiges für Boysen als Täter, nachdem Kannengießer aus dem Spiel ist.«

»Ich rufe jetzt erst einmal Carina Brahms an«, verkündete die Kommissarin. »Es wird sie gewiss interessieren, dass ihr dreifach Mordverdächtiger zumindest die Freiheitsberaubung gestanden hat.«

Die Kriminalistin hatte Glück und erwischte die Kölner Kollegin telefonisch noch vor dem Feierabend. Mona berichtete ihr von Kannengießers Verhaftung und wie es dazu gekommen war.

»Ich schätze, deine Nachbarin hat großes Glück gehabt«, meinte Carina Brahms. »Wir waren natürlich in den letzten Tagen ebenfalls nicht untätig. Es ist uns gelungen, noch weitere Beweise gegen Kannengießer zu sammeln. Das wird man ihm zugetragen haben, er ist hier am Rhein ja sehr gut vernetzt. Und wir können nicht in seinem Umfeld ermitteln, ohne dass er Wind davon bekommt. Momentan sieht es danach aus, dass Kannengießer sich in den Niederlanden eine falsche Identität kaufen und dann untertauchen wollte. Wie gut, dass es nicht geklappt hat. Und es hat wirklich keine Verletzten gegeben?«

»Das SEK-Team hat Kannengießer kalt erwischt«, gab Mona zurück. »Ich gehe davon aus, dass der Richter Untersuchungshaft verhängen wird. Ihr könnt also in Ruhe weitere Beweise für die drei Mordanklagen suchen.«

»Es ist gut, dass wir von dem Zugriff profitieren«, betonte Oberkommissarin Brahms, »aber was ist mit eurer Leiche in den Dünen?«

»Die Ermittlungen gehen nun in eine ganz andere Richtung, aber wir haben wahrscheinlich einen neuen Hauptverdächtigen«, antwortete Mona.

»Dann wollen wir uns gegenseitig die Daumen drücken – damit wir unsere Fälle bald abschließen können«, erwiderte Carina und beendete das Telefonat. Enno hatte sich eine weitere Tasse Tee genehmigt, während seine Kollegin das Gespräch mit dem Festland geführt hatte. Er sagte: »Als Erstes sollten wir morgen früh herausfinden, ob es momentan einen Urlauber mit dem Nachnamen Boysen auf Borkum gibt.«

Erneut stürmte Grietje herein: »Im Ostland wurde ein Leichenfund gemeldet – es könnte sich um den Gesuchten handeln!«

*

Das Ostland war der nur dünn besiedelte Teilabschnitt Borkums jenseits vom Flugplatz. Dort gab es eine spärliche Wohnbebauung, einen kleinen Campingplatz sowie wenige Lokale. Wer dort seinen Urlaub verbrachte, war in erster Linie an Ruhe und Naturerleben interessiert. Die turbulente Atmosphäre des Hauptstrandes unterhalb der Promenade während des Hochsommers suchte man dort vergebens.

»Von wem kam die Meldung?«, wollte Mona wissen. Sie war bereits aufgesprungen.

»Eine Urlauberin namens Gunhild Schröder hat angerufen. Ihr ist der leblose Mann aufgefallen, der schon halb mit Flugsand bedeckt war. Sie wartet bei der Ostbake auf euch. Der Notarzt ist ebenfalls unterwegs.«

»Dann steht uns zum Feierabend noch ein Fußmarsch bevor«, meinte Enno, der sich von seinem Stuhl erhoben hatte. Von der Polizeistation bis zum Ostland benötigte man mit dem Auto ungefähr zwanzig Minuten. Danach musste man noch eine Weile durch die Dünenlandschaft gehen, um die Ostbake zu erreichen.

»Wir machen uns gleich auf die Socken, Grietje«, kündigte die Kommissarin an. »Genieße du inzwischen deinen Feierabend!«

»Ihr müsst eben die Bürde eures höheren Dienstrangs tragen«, erwiderte die Polizeimeisterin augenzwinkernd und ging hinaus. Die Ermittler stiegen wenig später in ihren Dienstwagen. Die ersten Minuten der Fahrt verliefen schweigend. Als Enno von der Deichstraße auf die Ostfriesenstraße abbog, fragte Mona: »Denkst du das Gleiche wie ich?«

»Lass hören.«

»Ich schätze, Boysen wollte seinen Komplizen und Mitwisser für immer zum Schweigen bringen. Wenn der bleiche Blonde nicht mehr lebt, kann niemand über das Mordkomplott auspacken.«

»Ja, so lautet auch meine Überlegung«, stimmte der Oberkommissar zu. »Immer vorausgesetzt, dass es sich bei dem Toten wirklich um Boysens Handlanger handelt.«

Als sie das Ende der befahrbaren Straße erreichten, dämmerte es bereits. Dort war ein Rettungswagen geparkt, also hatten Dr. Siemers und die Sanitäter prompt auf den Notruf reagiert. Im Sommer ging die Sonne auf Borkum erst spät am Abend unter, aber der Übergang zwischen den Tageszeiten zog sich lang hin. Die Horizontlinie der Nordsee wurde bereits in einen rötlichen Schleier getaucht, aber noch gab es genügend Sonnenlicht. Die Kommissare nahmen trotzdem ihre Taschenlampen mit. Es war unmöglich einzuschätzen, wie lange sie sich am Leichenfundort würden aufhalten müssen. Während sie dem Weg zwischen den bewachsenen Dünen zu folgen begannen, dachte Mona, dass diese Landschaft eigentlich ideal war, um einen Toten verschwinden zu lassen. In diesem Teil der Insel musste man nicht mit Zeugen rechnen, weil hier einfach wenige Menschen unterwegs waren. Noch besser wäre es aus Sicht des Mörders gewesen, sein Opfer ins Meer zu schaffen – damit es bei Einsetzen der Ebbe hinaus auf die offene See getrieben worden wäre. Sie versuchte, nicht allzu viel zu spekulieren. Ebenso wäre es denkbar, dass der Tote mit ihrem Fall absolut nichts zu tun hatte.

Der Pfad, auf dem sie gingen, folgte dem Gleisbett einer ehemaligen Kleinbahnstrecke, die zur Versorgung der Bunker gedient hatte. Noch heute standen düstere Überreste der Verteidigungsanlagen zwischen den größten Sandanhäufungen der Insel – Erinnerungen an frühere Zeiten, als das Eiland die ›Seefestung Borkum‹ gewesen war. Die Ostbake diente schon seit Jahrhunderten als ein Seezeichen, genau wie das Große und das Kleine Kaap. Und auch an Land war es ein guter Treffpunkt, denn man konnte sich in der weitläufigen Dünenlandschaft leicht verfehlen. Die Kommissare durchquerten ein Dünental und erklommen die nächste Anhöhe auf der vermeintlich so flachen Insel. Nun erblickten sie die Ostbake vor sich. Einen Steinwurf weit von dem Bauwerk entfernt sah man die Besatzung des Rettungswagens, die sich um eine am Boden liegenden Person bemühte. Und eine Frau mit grauen Haaren winkte den Ermittlern aufgeregt zu. Die Kommissare stiegen von der Düne herab. Sie grüßten den Mediziner und die Rettungsassistenten, bevor sie ihre Dienstausweise zückten und sich der Melderin vorstellten.

»Ich bin Gunhild Schröder, ich habe vorhin bei der Polizei angerufen«, sagte die Frau. »Aus weiterer Entfernung dachte ich, dass der Mann nur schlafen würde. Aber im Näherkommen bemerkte ich die feine Sandschicht auf seinem Körper. Ich wollte ihn erst wecken, weil ich fürchtete, dass er sich einen Sonnenbrand holen könnte. Aber dann musste ich feststellen, dass er schon ganz kalt war ...«

Frau Schröder schlug sich die flache Hand vor den Mund, ihre Augen wurden feucht. Es war unübersehbar, wie sehr sie der Leichenfund mitgenommen hatte. Mona schaute sich die Zeugin genauer an. Sie schien zwischen sechzig und siebzig Jahren alt zu sein. Ihr tiefbrauner Teint war ein Hinweis darauf, dass sie viel Zeit an der frischen Luft verbrachte. Ihre Kleidung bestand aus einer grauen Bundfaltenhose und einer karierten Bluse mit kurzen Ärmeln. Ein Strohhut schützte sie vor der Sonne. An ihrem Rucksack war ein Paar Schuhe mit Profilsohle befestigt. Am Strand ging sie aber barfuß. Die Kriminalisten gaben ihr einen Moment Zeit, um sich zu sammeln.

»Fühlen Sie sich dazu in der Lage, einige Fragen zu beantworten?«

»Ja, Herr Moll. Das heißt, ich will es versuchen.«

»Ist Ihnen der Mann, den Sie gefunden haben, schon zuvor aufgefallen? Vielleicht am Strand oder in der Kleinbahn?«

Gunhild Schröder zögerte, dann schüttelte sie den Kopf: »Nicht dass ich wüsste. Allerdings ist die Insel momentan sehr stark bevölkert. Ich komme sonst immer im Herbst oder im Frühjahr nach Borkum, wenn es etwas ruhiger ist. Aber in meinem Stammhotel gab es ein Last-Minute-Angebot, bei dem ich unbedingt zugreifen musste.«

Viele Borkum-Besucher waren ›Wiederholungstäter‹, die teilweise seit Jahrzehnten auf die größte ostfriesische Insel übersetzten. Nun stellte auch Mona eine Frage: »Sind Ihnen andere Personen begegnet, kurz bevor Sie den Toten entdeckten?«

Die Urlauberin setzte eine verträumte Miene auf, bevor sie antwortete: »Ich bin am Strand entlanggewandert, zum Hoge Hörn.

Dort habe ich eine Pause gemacht und bin dann zurückgekehrt. Mir sind ein junges Pärchen und eine Frau in meinem Alter entgegengekommen. Aber wann das war, kann ich Ihnen leider nicht sagen. Ich achte nämlich nicht auf die Uhrzeit, wenn ich auf Borkum bin. Eigentlich hatte ich vor, bis zum Sonnenuntergang wieder ins Ortszentrum zurückzukehren. Aber daraus wird jetzt wohl nichts.«

»Wir können Sie im Auto bis zum Inselbahnhof mitnehmen«, bot der Oberkommissar an. Während er weiter mit der Melderin sprach, ging Mona zu dem Rettungsteam hinüber. Ein Sanitäter hatte eine Plane über den Körper gezogen – für die Kommissarin ein deutliches Zeichen dafür, dass dem Opfer nicht mehr geholfen werden konnte. Dr. Siemers packte seine Instrumente ein und warf Mona einen prüfenden Blick zu: »Moin, Frau Sander. Wie ich sehe, sind Sie schon wieder voll im Einsatz. Wie fühlen Sie sich?«

»Meinem Kopf geht es gut«, antwortete sie. »Darf ich einen Blick auf den Toten werfen?«

»Selbstverständlich.«

Mona hob die Abdeckung ein wenig an. Der Leichnam war blond, und der Bauchansatz unter dem hellgrünen Polohemd war unübersehbar. Gleiches galt für die auffallend blasse Gesichtsfarbe, die für sich genommen nichts aussagte. Es gab keinen Verstorbenen, der einen besonders gesunden Teint vorweisen konnte. Interessanter wäre es gewesen, ein Foto von ihm zu Lebzeiten betrachten zu können. Auf den ersten Blick konnte die Kriminalistin keine Verletzungen an seinem Leib feststellen.

»Können Sie schon etwas zur Todesursache sagen?«, wollte sie von dem Mediziner wissen. Dr. Siemers wiegte den Kopf: »Es gibt keine offene Wunde. Falls kein Giftmord oder eine Vorerkrankung vorliegt, würde ich auf einen Herzinfarkt oder vielleicht eine Gehirnblutung tippen. Darüber wird die Obduktion Aufschluss geben.«

»Haben Sie seine Taschen durchsucht?«

Der Notarzt schüttelte den Kopf.

»Dann werde ich das mal nachholen.«

Mona setzte ihr Vorhaben in die Tat um, indem sie sich neben den Leichnam kniete und Latexhandschuhe überzog. Nachdem dies geschehen war, leerte sie die Hosentaschen des Toten. Er war mit einer weit geschnittenen hellgrauen Freizeithose, Tennisschuhen und einem ebenfalls locker sitzenden weißen Kurzärmelhemd bekleidet. Um die Hüften hatte er eine Gürteltasche geschnallt, in der sie aufschlussreiche Entdeckungen machte. Die Kommissarin fand ihren eigenen Dienstausweis – sie war inzwischen mit einem Ersatzdokument ausgestattet worden, außerdem ihre Geldbörse und ihr Smartphone.

»Wiedersehen macht Freude«, sagte sie laut. In den Taschen befanden sich außerdem einige Visitenkarten mit der Aufschrift ›Michael Goldhammer, private Ermittlungen‹ sowie einer Düsseldorfer Adresse. Auch sein Portemonnaie fehlte nicht. Darin befand sich ein Personalausweis auf diesen Namen, außerdem eine Krankenkassenkarte sowie einige Euro-Banknoten. Doch die wichtigsten Indizien steckten in der vorderen linken Hosentasche: ein leeres Fläschchen, in dem vielleicht ein Toxin gewesen sein konnte – und ein kleiner Zettel. Darauf stand: »Verzeih mir, Mona«.

Sie runzelte die Stirn. Ein Abschiedsbrief? Für sie sah das Ganze eher nach einem inszenierten Suizid aus. Der Täter wollte den Anschein erwecken, dass Goldhammer nach seinem feigen Angriff auf die Polizistin dermaßen von Schuldgefühlen zerfressen war, dass er seinem Leben ein Ende setzen musste. Konnte dieses Täuschungsmanöver Erfolg haben?

Oltbeck würde den Köder schlucken, dachte die Kommissarin. Ob sie auch an einen Selbstmord geglaubt hätte, wenn im Verhör mit Kannengießer nicht der Name Boysen gefallen wäre? Darüber konnte sie sich später den Kopf zerbrechen. Bei dem Leichnam fand sie auch einen hölzernen Schlüsselanhänger mit der Nummer 3 und den eingebrannten Worten PENSION NORDSEE-TÜMMLER. Ob Goldhammer dort genächtigt hatte? Das würde sich leicht feststellen lassen. Sie führte immer einige Beweismittelbeutel mit sich. Dort hinein verpackte sie die Indizien, während sie weiter mit Dr. Siemers redete.

»Können Sie den Todeszeitpunkt genauer eingrenzen?«

Der Arzt antwortete: »Vermutlich ist der Mann schon seit sechs bis zwölf Stunden tot. Als wir eintrafen, war er von Flugsand bedeckt. Wenn die Dame nicht zufällig in diese Richtung geschaut hätte, wäre er vielleicht noch länger unentdeckt geblieben und dann später vollständig unter einer Sandschicht verschwunden. Auszuschließen ist das jedenfalls nicht.«

Mona bedankte sich bei dem Mediziner. Er und die Sanitäter zogen nun ab, nachdem ein vorläufiger Totenschein ausgestellt worden war. Die Kommissarin forderte uniformierte Kollegen an, die den Körper bewachen sollten, bis der Bestatter eintraf. Dessen Aufgabe bestand darin, den Leichnam ins Gerichtsmedizinische Institut Oldenburg zu überführen.

Enno hatte inzwischen die Urlaubsadresse sowie die Mobilnummer der Melderin notiert. Als Polizeimeister Claas Lammer und Polizeimeisterin Aiske Berend erschienen, kehrten die Ermittler in den Ort zurück. Gunhild Schröder hatte sich inzwischen ein wenig beruhigt. Mona wollte in ihrer Gegenwart nicht über ihre Entdeckungen sprechen.

»Kommen Sie bitte morgen im Lauf des Tages zur Polizeistation, damit wir Ihre Aussage schriftlich aufnehmen können«, sagte Enno zum Abschied. Er war ausgestiegen und hielt der Melderin die Autotür auf.

»Ein ostfriesischer Gentleman alter Schule! – Ja, das werde ich tun, Herr Moll.«

Mit diesen Worten verabschiedete sich Gunhild Schröder von den Ermittlern. Der Oberkommissar stieg wieder ein.

»Da hast du ja ein Herz im Sturm erobert«, bemerkte Mona trocken. Er zuckte mit den Schultern: »Normalerweise bist du doch immer diejenige von uns, die sich unerwünschter Verehrer erwehren muss«, erinnerte Enno. Da musste sie ihm innerlich recht geben – allein schon der Gedanke an ihre verhängnisvolle Affäre in Hannover vor ihrer Eheschließung jagte ihr einen kalten Schauer über den Rücken. Aber darum ging es jetzt nicht. Sie holte tief Luft und zeigte ihrem Kollegen, was sie bei Goldhammer sichergestellt hatte: »Was sagst du dazu? Wenn hier der Anschein eines Selbstmordes erweckt werden soll, dann muss der Täter aber noch üben!«

»Weil diese Notiz an dich mit Computer geschrieben ist?«

»Genau davon spreche ich, Enno! Stell dir vor, du würdest zutiefst bereuen, mich niedergeschlagen zu haben. Deswegen hast du selbst mit deinem Leben abgeschlossen, willst der Qual ein Ende bereiten. Und bevor du dich vergiftest, setzt du dich an einen PC und schreibst diese paar Wörter, die du auch per Hand auf einen Fetzen Papier hättest kritzeln können? Da war eindeutig ein Perfektionist am Werk.«

»Es fällt mir schwer, mich in diese Rolle hineinzuversetzen, weil ich ein lebensbejahender Mensch bin«, stellte der Kriminalist klar. Er fuhr fort: »Ja, die getippte Nachricht war keine gute Idee. Der Mörder hätte Goldhammer besser zwingen sollen, diese Worte zu Papier zu bringen. Es hätte glaubwürdiger gewirkt. Aber das hat er nicht getan. Und warum nicht? Weil er feige ist. Boysen – falls es sich bei ihm um den Täter handelt – hätte seinem Komplizen mit vorgehaltener Pistole oder Messer das Schreiben befehlen müssen. So etwas ist nicht sein Stil. Deshalb hat er Gift als Waffe verwendet. Goldhammer wird nicht damit gerechnet haben, dass sein Auftraggeber ihn ebenfalls ins Jenseits befördert. Er hat wahrscheinlich arglos etwas mit Boysen getrunken, vielleicht bei der Geldübergabe. Und dann, als er starb, hat der Mörder ihm dein Smartphone und die anderen Dinge in die Tasche gesteckt. Seine Trumpfkarte war dann dieses Epistel, das auf seine Schuld hinweisen soll. Der Täter weiß, dass die Polizei keine unaufgeklärten Fälle mag. Also liefert er uns den Mann, der dich niedergeschlagen hat, auf dem Silbertablett.«

»Lass uns ins *Restaurant Rhodos* gehen«, schlug seine Kollegin vor. »Yiannis hat ein gutes Personengedächtnis. Ich zeige ihm ein paar Fotos, die ich vorhin vom Gesicht des Leichnams gemacht habe. So können wir am schnellsten herausfinden, ob Althoff mit ihm gegessen hat.«

Sie stellten das Auto auf dem Hof der Wache ab und gingen die wenigen Schritte bis zu dem griechischen Lokal. Der Inselbahnhof war schon in seinen Dornröschenschlaf gefallen – so wie jeden Abend, nachdem die letzte Fähre des Tages angelegt hatte. Aber im *Rhodos* war viel los. Enno schaute sehnsüchtig einer Kellnerin hinterher, die eine Grillplatte an einen Tisch brachte.

»Deine Frau kann sich glücklich schätzen«, raunte Mona ihm zu, »du interessierst dich nicht für fremdes Weibervolk, sondern nur für Kulinarisches aller Art.«

»Ja, aber momentan muss ich mich zurückhalten«, gab er ebenso leise zurück. »Birte wartet nämlich mit dem Abendessen auf mich.«

Bevor die Ermittler ihren Wortwechsel fortsetzen konnten, ging der Inhaber lächelnd auf sie zu. Mona kam sofort zur Sache und zeigte ein Foto der Leiche: »Hast du diesen Mann schon einmal gesehen?«

Yiannis erschrak: »*Gia ónoma tou Theoú*! Ist der Mann tot? Ja, ich erkenne ihn wieder. Er hat neulich mit dem Gast, nach dem du mich gefragt hattest gegessen. Ich habe ihn seitdem allerdings nicht wiedergesehen, sonst hätte ich dich schon angerufen.«

Sie legte beruhigend eine Hand auf seinen Unterarm: »Du warst uns eine große Hilfe, Yiannis. Was hast du da eigentlich gerade eben gesagt?«

»Ich sagte *um Gottes willen* – in meiner Muttersprache. Läuft also immer noch ein Mörder auf Borkum frei herum?«

Den letzten Satz hatte Yiannis beinahe geflüstert. Dabei schaute er sich so verstohlen um, als ob ein Messermann direkt hinter ihm aufgetaucht wäre. Die Kommissarin wusste, dass sie dem Gastronomen vertrauen konnte. Er war keine Plaudertasche; sie musste nicht befürchten, dass ihre Information zehn Minuten später im Internet stehen würde.

»Wir kennen den Namen des Verdächtigen – und er weiß nicht, dass wir ihm dicht auf den Fersen sind«, sagte sie nachdrücklich. »Mach dir also bitte keine Sorgen.«

Und Enno klopfte Yiannis zur Bekräftigung von Monas Worten auf die Schulter. Die Ermittler bedankten sich und verließen das Lokal. Die Kommissarin hielt den Schlüssel von Goldhammers Pensionszimmer hoch: »Wollen wir als letzte Amtshandlung des Tages den Raum durchsuchen?«

»Ich bin dabei«, bestätigte Enno. Die Frühstückspension *Nordsee-Tümmler* befand sich am Rektor-Meyer-Pfad, der vom *Restaurant Rhodos* aus fußläufig zu erreichen war. Während sie dorthin gingen, sprachen sie weiter über den Fall.

»Bisher haben wir nichts gegen Boysen in der Hand«, unterstrich Enno. »Dass Althoff im Schlaf von ihm gesprochen hat, würde jeder gute Strafverteidiger als schlechten Witz abtun.«

»Und zwar mit Recht«, erwiderte Mona. »Ich selbst habe schon mal von Konrad Adenauer geträumt – aber deshalb würde wohl niemand auf die Idee kommen, dass ich ihn ermordet hätte.«

Der Oberkommissar warf ihr einen irritierten Seitenblick zu: »Wie kommt man denn dazu, vom ersten Kanzler der Bundesrepublik zu träumen?«

»Wenn ich das nur wüsste! Vielleicht lag es daran, dass wir damals in der Schule einen Aufsatz über ihn schreiben mussten.«

»Adenauer wurde übrigens nicht Opfer eines Attentats.«

»Das weiß ich auch, du Streber! Aber er war zu einem früheren Zeitpunkt seines Lebens Oberbürgermeister von Köln – was mich wieder auf Kannengießer bringt. – Vielleicht hat der Kerl den Namen Boysen ja nur frei erfunden, kennt die wahre Identität des Mörders und will sie vor uns verbergen, um daraus seinen Vorteil zu ziehen? Ich fürchte, allmählich leide ich wirklich unter Verfolgungswahn!«

»Dagegen helfen nur nüchterne Fakten«, stellte Enno fest.

Kapitel 14

Wenig später erreichten die Kommissare Goldhammers Unterkunft. Die Pension war in einer der schmucken Stadtvillen untergebracht, wie es sie auf Borkum seit der Kaiserzeit gibt. Über dem Türbogen des Beherbergungsbetriebs war eine Bronzeplatte angebracht, auf der ein Tümmler dargestellt war, also eine besonders große Delfinart. In einigen Räumen brannte Licht.

Die Inhaberin Fenja Lüders wohnte nicht in dem Haus. Der Oberkommissar rief sie an: »Moin, Fenja. Hier ist Enno von der Polizei. Ich muss dir leider mitteilen, dass ein Gast von dir nicht mehr lebt. Wir müssen von einem Tötungsdelikt ausgehen. Er starb im Ostland. Wir haben bei ihm seinen Zimmerschlüssel gefunden und möchten uns jetzt in dem Raum umsehen.«

Im Hintergrund waren TV-Geräusche und die Stimmen von kleinen Kindern zu hören. Mona wusste, dass Fenja Zwillingsmama war. Einen Moment lang erfolgte keine Reaktion, dann erwiderte die Inhaberin: »Das ist ja furchtbar! – Ja, natürlich könnt ihr dort alles durchsuchen. Ich schwinge mich gleich aufs Rad und komme vorbei. Ihr könnt schon reingehen, der Zimmerschlüssel passt auch für die Außentür!«

Fenja Lüders wohnte am anderen Ende der Deichstraße. Sie würde vermutlich innerhalb von zehn Minuten erscheinen. Enno bedankte sich und beendete das Telefonat. Mona schloss die Haustür auf. Im Korridor roch es nach Sonnenmilch und Duftkerzen. Die Wände waren mit Kunstdrucken geschmückt, die das Borkum von vor 100 Jahren zeigten. Die Ermittler zogen sich Latexhandschuhe über, bevor sie Goldhammers Zimmer betraten. Die Möbel wirkten nostalgisch, nur ein an der Wand befestigter Flachbildfernseher war ein Zugeständnis an der Moderne. Die Kommissarin interessierte sich hauptsächlich für die persönlichen Dinge des Bewohners. Goldhammers Gepäck bestand offenbar nur aus einer einzigen Reisetasche, die im Kleiderschrank stand. In einem Seitenfach fand sie ein Plastiktütchen, das mit weißem Pulver gefüllt war. Sie hielt es mit zwei Fingern hoch.

»Zuckerkonsum soll doch so schädlich sein«, meinte sie augenzwinkernd.

»Wie gut, dass es sich bei der Substanz um Kokain handeln dürfte«, scherzte Enno, wurde aber gleich wieder ernst: »Wer sich illegale Drogen beschaffen kann, für den ist auch der Kauf dieses chemischen Gifts ein Kinderspiel. Wobei es eigentlich keine Rolle spielt, ob das Toxin von Goldhammer oder von Boysen besorgt wurde. Noch haben wir keinen Beweis – aber ich wette mit dir, dass Goldhammer an demselben Gift wie Althoff starb.«

»Ich würde nicht dagegen halten«, stellte seine Kollegin klar, während sie das verdächtige weiße Pulver in einen Beweismittelbeutel tat. In einer anderen Seitentasche des Gepäckstücks machte sie einen weiteren Fund.

»Hier sind noch mehr Visitenkarten. Ob er wirklich ein Gewerbe als Privatdetektiv angemeldet hat, können wir leicht nachprüfen. Viel interessanter ist die Frage, wie der Kontakt zwischen ihm und Boysen zustande kam.«

»Goldhammer hatte jedenfalls kein eigenes Telefon bei sich«, brachte der Oberkommissar in Erinnerung. Er fügte hinzu: »Das wundert mich nicht, denn sein Auftraggeber muss ja irgendwie mit ihm in Kontakt gestanden haben. Und selbstverständlich hat der Mörder das Gerät seines Opfers verschwinden lassen. Trotzdem hat er einen entscheidenden Fehler begangen.«

»Nämlich welchen?«, wollte Mona wissen. Sie stand momentan sinnbildlich auf dem Schlauch. Ihr war schleierhaft, worauf ihr Kollege hinauswollte.

»Wie viel Zeit kann zwischen dem Verabreichen des Toxins und Goldhammers Tod vergangen sein?«, dachte der Oberkommissar laut nach und beantwortete seine Frage selbst: »So genau wissen wir das nicht – noch nicht. Boysen wird sich etwas dabei gedacht haben, seinen Komplizen im Ostland zu treffen. Dort sind nicht viele Menschen unterwegs, und die dort ansässigen Lokale kann man an einer Hand abzählen. Aber irgendwo dort muss er Goldhammer das Gift eingeflößt haben. Ich vermute, dass der ›Privatdetektiv‹ sein Honorar bekommen sollte. Jedenfalls wird Boysen ihm dies weisgemacht haben. Goldhammer hat nicht damit gerechnet, dass er auf dieselbe Art wie Althoff ins Jenseits befördert werden sollte.«

Mona spann den Faden weiter: »In der Nähe gibt es nur das *Café Restaurant Ostland* und das *Hofcafé Bauernstuben*. Du meinst also, wir sollten dort nach Zeugen Ausschau halten?«

»Goldhammer war ja mit seinem blassen Teint eine sehr auffällige Erscheinung, er kann dem Personal oder einigen Gästen durchaus im Gedächtnis geblieben sein«, meinte ihr Kollege zustimmend. »Von Boysen wissen wir hingegen noch nicht, wie er aussieht.«

Bevor die Ermittler ihren Gedankenaustausch fortsetzen konnten, hörten sie, wie die Haustür aufgestoßen wurde. Schnelle Schritte ertönten, und dann kam die Pensionswirtin zu ihnen. Fenja Lüders war völlig außer Atem; sie musste die Strecke bis zu ihrem Gästehaus in Rekordzeit zurückgelegt haben.

Mona trat ihr entgegen: »Wir müssen dieses Zimmer versiegeln, damit die Kriminaltechniker hier morgen ihre Arbeit machen können. Bist du in der Lage, uns ein paar Fragen zu beantworten?«

Fenja Lüders war nur wenige Jahre älter als die Kommissarin. Sie trug einen rosa Hausanzug aus Frottee und Gartenclogs. Offenbar hatte sie sich nicht die Zeit zum Umziehen genommen.

»Lars passt auf die Kinder auf, also muss ich nicht sofort zurückkehren«, erwiderte sie und rang nach Atem. »Über diesen Gast kann ich nichts Negatives sagen, so viel steht schon mal fest. Herr Goldhammer hat vor einer Woche eingecheckt und das Zimmer für 14 Tage im Voraus bezahlt.«

Und dabei ist sein Auftrag schon erledigt, machte Mona sich bewusst. Es konnte allerdings gute Gründe geben, nicht sofort nach Althoffs Tod abzureisen. Zum Beispiel, um nicht durch einen vorzeitigen Aufbruch ins Visier der Ermittlungen zu geraten. Oder um sein Blutgeld zu kassieren – was ihm dann letztlich zum Verhängnis geworden war.

»Ist dir aufgefallen, ob Goldhammer während seines Aufenthalts Kontakt zu anderen Personen hatte?«

»Nee, Mona. Hier im Haus blieb er für sich. Zu den anderen Gästen war er freundlich, aber distanziert. Ich glaube aber auch nicht, dass die übrigen Urlauber etwas mit ihm zu tun haben wollten. Außer Herrn Goldhammer haben sich momentan nämlich nur drei Ehepaare bei mir eingemietet. Und die werden kein Interesse an einem allein reisenden Mann haben, der sich zu ihnen gesellen will. Allerdings hat Herr Goldhammer öfter telefoniert. Ich weiß natürlich nicht, ob sein Gesprächspartner hier auf der Insel oder auf dem Festland war.«

»Konntest du etwas von dem Gesagten aufschnappen?«

Die Frage der Kriminalistin schien Fenja Lüders etwas zu empören: »Ich belausche doch meine Gäste nicht, was denkst du von mir! Außerdem hat Herr Goldhammer die Telefonate sozusagen im Vorbeigehen angenommen. Aber ich erinnere mich, dass er die Person zweimal mit dem Vornamen ansprach: Laurenz.«

»Das könnte auch ein Nachname sein«, meinte Enno, der bisher dem Gespräch schweigend gefolgt war.

»Ja, aber Herr Goldhammer hat den Mann auch geduzt. Mir kam es vor, als ob er mit einem Freund sprechen würde.«

Auf einen Freund, der mich vergiftet, könnte ich verzichten, dachte Mona. Auf jeden Fall war Fenjas Beobachtung ein wichtiger Hinweis. Die Kriminalisten beendeten die Durchsuchung des Zimmers, ohne auf weitere Dinge aufmerksam zu werden. Nachdem sie den Raum verlassen hatten, klebte Enno ein polizeiliches Siegel an die Tür.

»Ich hoffe, dass ihr den Mörder findet«, sagte die Pensionswirtin zum Abschied. »Herr Goldhammer war so ein netter Mann!«

Und er hat mir fast den Schädel eingeschlagen! Diesen Satz behielt Mona für sich. Sie hatte eine von Goldhammers Visitenkarten eingesteckt. Auf dem Rückweg zur Wache rief sie die Mobilnummer an, die dort aufgedruckt war. Aber das Telefon schien ausgeschaltet zu sein. Die Kommissarin vermutete, dass Boysen das Gerät zerstört und die SIM-Karte vernichtet hatte. Dieser Täter überließ nichts dem Zufall.

*

Am nächsten Morgen hatte Mona nach dem Spaziergang mit ihrer geliebten Dogge schon wieder bessere Laune. Nachdem sie ihrem noch schlafenden Ehemann einen Kuss auf die Nase gedrückt hatte, fuhr Mona zur Wache. Sie holte Enno ab und die Ermittler gingen zur Touristeninformation. Mona und Enno erkundigten sich nach einem Feriengast namens Laurenz Boysen. Den gab es tatsächlich – er hatte gestern im Hotel *Hohe Düne* eingecheckt und wollte übermorgen abreisen. Also war er zur Zeit des Mordes an seinem Halbbruder noch nicht auf Borkum gewesen! Darüber wunderte die Kommissarin sich nicht. Wahrscheinlich hatte er dafür gesorgt, dass er von möglichst vielen Menschen gesehen worden war. Um sein Alibi musste er sich gewiss keine Sorgen machen.

»Übermorgen verlässt der werte Herr uns also. Bis dahin müssen wir ihm den Mord nachgewiesen haben«, stellte der Ober- kommissar fest, nachdem sie sich bedankt und den Pavillon am

Georg-Schütte-Platz verlassen hatten. Natürlich endete die Ermittlung nicht, wenn Boysen erst wieder auf dem Festland war. Aber Mona zog es vor, einen Verdächtigen in Reichweite zu haben. Sie sagte:

»Ja, allerdings! Und darum sollten wir jetzt keine Zeit verlieren!«

Das Hotel *Hohe Düne* befand sich ganz in der Nähe. Enno beeilte sich, ihr zu folgen. »Wir haben nichts gegen Boysen in der Hand«, erinnerte er. »Was willst du unternehmen?«

»Lass mich nur machen.«

Mona konnte sich vorstellen, dass ihr Kollege mit dieser Antwort nicht zufrieden sein konnte. Immerhin kannte er ihr berüchtigtes Temperament zur Genüge. Aber die Kommissarin war mit den Jahren etwas beherrschter geworden. Sie hatte ganz gewiss nicht vor, durch einen Wutausbruch die gesamte Ermittlung zu torpedieren.

Das Hotel *Hohe Düne* gehörte zu den Häusern mittlerer Preiskategorie auf Borkum. Es war nicht ganz so alt wie die Bauten der Kaiserzeit, hatte aber nach Ennos Aussage schon zu seinen Kindertagen existiert. Und er stand inzwischen kurz vor der Pensionierung. Mona betrat die Hotelhalle, die von einem Maler gestaltet worden war. Die Wände waren in Meeresblau gehalten, darauf gab es Darstellungen von Schiffen aller Art zu sehen. So entstand die Illusion, sich inmitten eines Gemäldes zu befinden. Aber dafür hatte die Kriminalistin jetzt keinen Sinn.

Die Rezeptionistin war ihr noch nicht bekannt. Mona hielt ihr den Dienstausweis vor die Nase: »Moin, ich Kommissarin Sander. Das ist Oberkommissar Moll. Wir sind von der Polizei und müssen mit einem Ihrer Gäste sprechen. Es handelt sich um Laurenz Boysen.«

Die Angestellte musste nicht in ihren PC schauen, um helfen zu können: »Ja, ich habe Herrn Boysen vor zehn Minuten gesehen. Er ist zum Frühstücksraum gegangen.«

Sie deutete nach links.

»Wie sieht Boysen aus?«

Monas Frage schien die Rezeptionistin zu überraschen. Wahrscheinlich hatte sie angenommen, dass die Polizisten den Gast schon kennen würden. Aber dann kam ihre Antwort: »Es ist der Herr mit hellgrauem Haar und gelbem Polohemd.«

Die Kommissarin ging in den Speiseraum, der sich in einem geräumigen verglasten Anbau im Erdgeschoss befand. Der

Verdächtige saß allein an einem Tisch am Fenster. Boysen blickte auf, als die Ermittler den Raum betraten. Die Kommissarin setzte ein unverbindliches Lächeln auf, als sie vor seinem Tisch stehen blieb und ihren Dienstausweis zeigte.

»Moin, sind Sie Herr Boysen?«

Er gab vor, sich eigentlich wieder seinem Frühstück – Müsli und Marmeladentoast – widmen zu wollen. Nun hob er den Kopf und blickte Mona direkt an: »Ja, der bin ich. Was verschafft mir das Vergnügen Ihrer Gegenwart?«

Die Kriminalistin schätzte Boysen auf dieselbe Altersklasse wie die seines toten Halbbruders. Eine Familienähnlichkeit zwischen beiden Männern fiel ihr nicht auf – höchstens mit etwas Fantasie bei den Nasen. Aber letztlich würde ein Bluttest objektive Erkenntnisse über das Verwandtschaftsverhältnis liefern. Mona nannte Ennos und ihren Namen, dann sagte sie: »Wir benötigen eine Zeugenaussage von Ihnen, deshalb lade ich Sie hiermit für heute um 16 Uhr auf die Borkumer Polizeistation vor. Das Gebäude können Sie nicht verfehlen, es ist in der Strandstraße. Vor dem Eingang steht eine scheußliche Skulptur.«

Die Kommissarin musste sich eingestehen, dass Boysen auf den ersten Blick sympathisch wirkte. Er saß entspannt auf seinem weiß lackierten Holzstuhl, hielt den Rücken gerade und benahm sich weder aufsässig noch provokant. Der Verdächtige war gut gekleidet und hatte offenbar vor kurzem geduscht. Mona hatte in ihrem Beruf schon weitaus unangenehmere Männer erlebt. Dies änderte allerdings nichts daran, dass ein berechnender eiskalter Mörder vor ihr saß.

»Ich bin überrascht, Frau … Sander, richtig? Mit was für einer Zeugenaussage könnte ich der Polizei wohl behilflich sein?«, fragte er lächelnd und im Plauderton.

Mona blieb ernst: »Ich muss Ihnen leider mitteilen, dass Michael Goldhammer getötet wurde.«

Boysen zeigte zunächst keine Reaktion, mit etwas Verzögerung öffnete er den Mund: »Michael Goldhammer … ich weiß nicht, ob ich diesen Namen …«

»Sie haben ihn gekannt.«

Die Kommissarin stellte keine Frage, sondern machte eine Feststellung. Bevor sie sich wieder abwandte, sagte sie: »Ich werde beweisen, dass Sie und Goldhammer einander kannten. – Seien Sie heute Nachmittag bitte pünktlich, sonst hat das Konsequenzen für Sie.«

Mona hob ihr Smartphone und machte schnell ein Foto von dem Verdächtigen. Damit hatte er nicht gerechnet. Die Ermittler ließen Boysen sprachlos zurück. Jedenfalls machte er keine Anstalten zu protestieren – obwohl Mona genau genommen sein Recht am eigenen Bild verletzt hatte.

»Wenn der geschniegelte Herr unschuldig ist, wird er nicht erscheinen und sich über dich beschweren«, vermutete Enno.

»Ja, aber er wird kommen. Und zwar nicht nur, weil er den Mord begangen hat.«

»Sondern auch, um seine Überlegenheit zu zeigen?«

»Richtig, Enno. Boysen glaubt nämlich nicht, dass wir die Verbindung zwischen ihm und Goldhammer beweisen können. Er ist selbstverliebt und will beweisen, dass er schlauer ist als wir beide zusammen.«

»So, wie ich dich kenne, hast du schon eine Idee«, vermutete er. Sie erklärte: »Ich habe überlegt, bei welcher Gelegenheit Boysen und Goldhammer Freunde geworden sind. Natürlich gibt es unzählige Chancen, anderen Menschen näherzukommen. Beispielsweise im Beruf – so wie wir? Oder durch ein gemeinsames Hobby? Möglich, aber wir wissen kaum etwas über diese beiden Männer. Wir können lange spekulieren, was sie in ihrer Freizeit tun. Hingegen lässt es sich hoffentlich leicht herausfinden, ob sie dieselbe Schule besucht haben.«

»Der Gedanke gefällt mir«, erwiderte Enno. »Schulfreundschaften halten oft ein Leben lang, wenn auch nicht bei jedem.«

»Erinnere mich bloß nicht an mein katastrophales Klassentreffen«, meinte Mona lächelnd. Die Ermittler kehrten zur Wache zurück, wo sie ihre Nachforschungen fortsetzten. Eine Recherche in den Melderegistern zeigte, dass beide Männer denselben Geburtsort hatten. Sie stammten aus Mönchengladbach.

»Goldhammer hat in der Fridjof-Nansen-Schule gebüffelt – die hat eine eigene Homepage. Und hier ist ein Ordner mit Fotos von Ehemaligen.«

Der Oberkommissar kam zu seiner Kollegin herüber und schaute ihr über die Schulter.

»Es ist aber schon ziemlich lange her, seit diese ollen Knöppe Schüler waren«, gab er zu bedenken.

»Aber der Fotoapparat wird damals hoffentlich schon erfunden worden sein!«, scherzte Mona. Zwar waren frühere Generationen nicht so schnell mit ihren Schnappschüssen zur Hand wie die heutige Jugend, aber es waren doch etliche Bilder digitalisiert worden. Goldhammer hatte seine Bildungslaufbahn offenbar mit dem Realschulabschluss beendet. Es gab ein Erinnerungsfoto mit seiner Klasse. Und da standen die beiden schlaksigen Jünglinge nebeneinander – laut Bildunterschrift Laurenz Boysen und Michael Goldhammer. Die Kommissarin druckte das Bild samt Legende schnell aus und legte es in ihren Schnellhefter.

»Das war der erste Teil unserer Aufgabe – jetzt müssen wir nur noch Zeugen finden, die zwei alte Schulkumpels im Ostland gesehen haben«, kündigte sie an.

Kapitel 15

Das *Café Restaurant Ostland* wurde im Scherz auch ›Letzte Gaststätte vor Juist‹ genannt – was geografisch zutreffend war, denn östlich von dem Lokal gab es nur noch viel Strand, dann die Nordsee und schließlich das Ufer der Nachbarinsel. Das *Ostland* war ein beliebtes Ausflugslokal; es gab einen großen Außenbereich, der besonders jetzt in der warmen Jahreszeit sehr beliebt war. Viele Radurlauber nutzten das *Ostland* oder die benachbarten *Bauernstuben* gern für eine Pause bei ihren Touren rund um die Insel. Auch jetzt, am späten Vormittag, hatten bereits etliche Drahtesel dort geparkt. Die Kommissare waren mit dem Auto gekommen. Sie suchten sich einen Tisch unter einem Sonnenschirm.

»Wir sollten das Essen heute vorverlegen«, beantragte Enno. »Wer weiß, wie lange das Verhör mit Boysen nachher dauert.«

Auch Mona konnte einen Happen vertragen. Sie bestellte Rosinenstuten – der in Ostfriesland Krintstuten heißt – mit Bauernkäse und Salatgarnitur, ihrem Kollegen stand der Sinn nach einem Stück Ostfriesentorte. Dazu tranken sie Tee. Als die Kellnerin das Gewünschte brachte, zeigte die Kommissarin unauffällig ihren Dienstausweis. Außerdem ließ sie die junge Frau einen Blick auf die beiden Bilder von Boysen und Goldhammer werfen.

»Haben Sie diese Personen schon einmal gesehen, vielleicht als Gäste?«

Die Bedienung schüttelte den Kopf, auf ihren bloßen Armen bildete sich Gänsehaut: »Nee, die habe ich noch nie gesehen. – Ist der Blonde tot?«

»Deshalb ermitteln wir«, gab Mona leise zurück. Sie hatte gehofft, dass die Männer hier gesessen und etwas zu sich genommen hatten. Aber vielleicht war Boysen das Risiko zu groß gewesen, in der Öffentlichkeit mit seinem Komplizen gesehen zu werden – und er hatte eine andere Möglichkeit gefunden, ihm das Gift zu verabreichen.

»Nachmittags ist hier mehr los, da teilen Merle und ich uns den Service hier auf der Terrasse«, erklärte die Kellnerin. »Vielleicht haben die beiden in Merles Bereich gesessen.«

»Könnten Sie Ihre Kollegin anrufen, damit sie sofort herkommt?«, bat Mona. »Es ist wirklich wichtig.«

»Klar, mach ich. Aber begeistert wird sie nicht sein.«

Mit diesen Worten wandte sich die Serviererin ab und ging in den Eingangsbereich, um zu telefonieren.

»Wegen dem Foto von Boysen wirst du noch Ärger kriegen«, befürchtete Enno.

»Wahrscheinlich habe ich es völlig umsonst geschossen«, gab sie in einem Anfall von Mutlosigkeit zurück.

»Das weißt du noch nicht«, meinte der Oberkommissar mit seiner üblichen Zuversicht. »Iss bitte deinen Stuten, das beruhigt.«

Die Kommissarin fragte sich, ob sie nicht zu hoch gepokert hatte. Selbst wenn sie beweisen konnte, dass Boysen und Goldhammer einander getroffen hatten – dadurch wurde der Verdächtige noch lange nicht zum Mörder. Mona mampfte in Gedanken versunken ihre Stuten, als plötzlich eine junge Dunkelhaarige in Jeansshorts und T-Shirt auf ihrem Rad herangeflitzt kam. Die Kellnerin deutete auf die Ermittler. Die Radfahrerin kam auf sie zu: »Moin, ich bin Merle. Sie sind von der Polizei? Es geht um Mord?«

Willst du nicht noch ein wenig lauter schreien?, dachte die Kommissarin, denn einige andere Gäste machten schon lange Hälse. Aber sie wollte Merle nicht verärgern und zeigte ihr wortlos die beiden Bilder. Die Serviererin riss die Augen auf: »Ist der Blonde tot? – Ja, ich habe die beiden Männer bedient. Das muss gestern oder vorgestern gewesen sein. Sie haben nur jeweils eine große Apfelschorle getrunken. Ich erinnere mich, weil dem Grauhaarigen sein Getränk nicht kalt genug war. Also habe ich ihm noch ein paar Eiswürfel gebracht.«

Mona bedankte sich. Sie nahm noch Merles Daten auf und bat sie, am nächsten Tag zur Wache zu kommen: »Wir müssen Ihre Aussage schriftlich niederlegen.«

»Ja, das mache ich natürlich«, versicherte die Bedienung. Sie zögerte und fragte: »Ist der Mörder noch auf freiem Fuß?«

»Nicht mehr lange«, versicherte Mona. Die Kommissare zahlten und verließen den Außenbereich des Lokals. Enno wollte zum Auto gehen, aber seine Kollegin hakte sich bei ihm ein.

»Lass uns einen kleinen Spaziergang unternehmen, und zwar zur Ostbake.«

Er warf ihr lächelnd einen Seitenblick zu: »So, wie ich dich kenne, willst du dir nicht nur etwas Bewegung verschaffen.«

»Du hast mich durchschaut«, gab sie zu. »Ich hoffe, noch etwas Munition für das Verhör mit Boysen zu bekommen.«

*

Der Mordverdächtige erschien pünktlich um 16 Uhr auf der Polizeistation und wurde von Grietje sofort in den Verhörraum geführt. Dort warteten die Kommissare bereits.

»Sie stehen im Verdacht der Tötung von Michael Goldhammer und der Beauftragung des Mordes an Udo Althoff«, sagte Enno förmlich. Dann belehrte er Boysen über seine Rechte. Der Verdächtige hob abwehrend die Handflächen und lächelte: »Das muss ein schrecklicher Irrtum sein! Ich kenne diese Männer überhaupt nicht.«

»Und schon haben wir Sie bei der ersten Lüge ertappt«, stellte Mona fest und zeigte ihm die Kopie des alten Klassenfotos. »Sind Sie sicher, dass Sie keinen Rechtsanwalt hinzuziehen möchten?«

Boysen zuckte mit den Schultern. »Na schön, ich war offenbar mit Goldhammer auf derselben Schule. Das beweist überhaupt nichts. Erinnern Sie sich noch an alle ehemaligen Klassenkameraden?«

Leider ja, dachte die Kommissarin. Sie sagte: »Es geht hier nicht um mich, obwohl ich in diesen Fall auch persönlich verwickelt war – wie Sie zweifellos durch Ihren Komplizen Goldhammer erfahren haben.«

»Ich weiß wirklich nicht, wovon Sie sprechen, Frau Sander.«

»Dieses Katz-und-Maus-Spiel können Sie sich sparen.«

Mit diesen Worten legte Mona einen Beweismittelbeutel auf den Tisch. Darin befand sich ein leeres Glasfläschchen, auf dem ein Etikett mit einer chemischen Formel klebte. Boysen presste die Lippen aufeinander. Da wusste sie, dass er verloren hatte.

»Ich habe meine Hausaufgaben gemacht«, begann sie im Plauderton. »Auch die Polizei ist in der Lage, im *Darknet* zu stöbern. Ich habe tatsächlich die Verkaufsplattform gefunden, auf der das tödliche Toxin angeboten wird. Noch liegt uns kein Obduktionsergebnis von Goldhammers Leiche vor – aber ich bin sicher, dass er an demselben Gift zugrunde ging wie Althoff. Sie waren vielleicht etwas sorglos, als Sie diese Ampulle in einem öffentlichen Abfalleimer entsorgt haben – auf dem Weg vom *Café Restaurant Ostland* zur Ostbake. Die Müllbehälter werden in der Gegend nicht so oft geleert, weil dort weniger Menschen unterwegs sind. Manchmal muss man als Ermittlerin eben auch Glück haben. Werden wir Ihre Fingerabdrücke auf dem Glas finden?«

Boysen war so blass geworden, dass sein Teint beinahe dem seines Opfers Goldhammer ähnelte. Er sagte eine Weile nichts, bevor er den Mund öffnete.

»Ich bin mein ganzes Leben lang betrogen worden.«

»Das müssen Sie uns genauer erklären«, forderte Enno.

»Ist das nicht offensichtlich, Herr Moll? Mein Vater war steinreich, er hat sich das Schweigen meiner Mutter erkauft. Mama ist erst vor wenigen Wochen verstorben, sie hat mir mit ihrem letzten Atemzug verraten, wer mich gezeugt hat – dieser miese Geldsack, dessen loyale Sekretärin sie war.«

»Was taten Sie daraufhin?«, fragte Mona.

»Ich ließ mich von meinen Gefühlen mitreißen und rief meinen Halbbruder an – Udo Althoff. Ich knallte ihm an den Kopf, was ich erfahren hatte. Aber er legte einfach nur den Hörer auf. In dem Moment beschloss ich, dass er sterben musste.«

»Dann wären Sie zum Millionenerben geworden. Sie mussten nur nachweisen, dass Sie mit seinem Tod nichts zu tun hatten.«

»Genauso ist es, Frau Sander. – Als Buchhalter habe ich gelernt, strukturiert zu arbeiten. Ich begann mit den Vorbereitungen und merkte schnell, dass ich einen Helfer benötigte. Und ich fand ihn, nämlich meinen ehemaligen Schulkameraden Goldhammer. Er nannte sich Privatdetektiv – aber im Grunde war er eine gescheiterte Existenz.«

»Wegen seiner Kokain-Abhängigkeit?«, hakte die Kommissarin nach.

»Das haben Sie also auch schon herausgefunden?«, lautete die Gegenfrage des Mörders. »Mein Kompliment – ich habe Sie und Ihren Kollegen offenbar unterschätzt. Jedenfalls erklärte sich Michael bereit, für 100.000 Euro die Tat zu begehen. Immerhin schien er gewisse detektivische Fähigkeiten zu besitzen. Er fand heraus, dass Althoff und Ulrike Klose ein Ferienhaus auf Borkum gemietet hatten. Ich wies Michael an, dort einzubrechen, aber nichts zu stehlen.«

»Wozu das Ganze?«, fragte Mona.

»Um Althoff nervös zu machen. Michael rief ihn dann später an und behauptete, Althoff helfen zu wollen – und zwar gegen mich. Weil ich den Einbrecher beauftragt hätte, was ja letztlich auch stimmte. Michael verabredete sich mit Althoff in dem griechischen Lokal, wo er meinem Halbbruder das Gift in den Wein schüttete. Es hätte alles reibungslos geklappt, aber dann kamen Sie ins Spiel.«

Nun wurde Mona hellhörig, denn bis ins letzte Detail wusste sie immer noch nicht, was sich in der Mordnacht ereignet hatte.

»Wo waren Sie eigentlich während der Tatausführung?«

»Bei einer Mitgliederversammlung meines Schachvereins in Mönchengladbach. Ich bin dort im Vorstand und habe mindestens zwanzig Zeugen, die meine Anwesenheit bestätigen können.«

So etwas in der Richtung hatte die Kriminalistin sich schon gedacht: »Aber Goldhammer wird Ihnen erzählt haben, was geschehen ist?«

Der Mörder nickte und fuhr fort: »Nach dem Restaurantbesuch wollte Althoff ins Ferienhaus zurückkehren, aber Michael rief ihn an – mit einem Stimmenverzerrer. Er gab sich als Ulrike Klose aus und behauptete, verfolgt zu werden. Althoff fiel auf die Finte herein und lief Richtung Strandwald, um seine Freundin zu retten. Dabei wurde er von Ihnen verfolgt, was Michael natürlich bemerkte. Er musste improvisieren – und ab diesem Zeitpunkt machte der Trottel alles falsch.«

»Weil er mich niederschlug?«

»Ja, Frau Sander. Nachdem die Wirkung des Giftes eingesetzt hatte und Althoff einfach umkippte, wollten Sie ihm wohl zu Hilfe kommen. Da verpasste Michael Ihnen eine Kopfnuss. Er durchsuchte Ihre Taschen und sah, dass Sie Polizistin sind. Er kam auf die dämliche Idee, Ihnen die Tat anhängen zu wollen, indem er ein Messer über Althoffs Hals zog und es ihnen dann in die Hand legte. Außerdem leerte er Ihre Taschen.«

»Sie waren nicht begeistert, als Sie davon hörten?«

»Nein, aber ich schluckte meine Kritik herunter. Durch diese Eigenmächtigkeit hatte Goldhammer sein eigenes Todesurteil unterschrieben«, gab Boysen offen zu. »Er war unzuverlässig. Ich hatte noch eine weitere Portion des Gifts, mit dem er meinen Halbbruder ins Jenseits befördert hatte. Nachdem ich nun selbst nach Borkum gereist war, verabredete ich mich mit Michael im Ostland. Ich hatte gehört, dass es dort etwas ruhiger zugeht als im

Ortszentrum. Mein Schulfreund war arglos. Es gelang mir, seine Apfelschorle zu vergiften. Dann behauptete ich, den Koffer mit den 100.000 Euro bei der Ostbake versteckt zu haben. Wir gingen dorthin. Auf dem Weg wurde ich das Fläschchen los, was leider ein schwerer Fehler war. Das Toxin wirkte, und Michael tat seinen letzten Schnaufer. Ich fuhr mit dem Bus zum Inselbahnhof zurück.«

Nachdem der Mörder das Geständnis abgelegt hatte, wurde er in die Arrestzelle gebracht. Am nächsten Morgen sollte seine Aussage komplettiert werden, dann würde er aufs Festland geschafft werden. Dort würde ein Richter über die Verhängung von Untersuchungshaft entscheiden.

Mona war nicht sicher, ob bei diesem Fall sämtliche Fragen geklärt werden konnten. Hätte der Plan funktionieren können, wenn sie Althoff nicht gefolgt wäre? Warum hatte sie das überhaupt getan? Ob ihr das jemals einfallen würde? Und für wen waren die Metallschellen gedacht gewesen, die Althoff hatte beschaffen wollen? Sie seufzte.

»Du siehst müde aus«, stellte Enno mit einem prüfenden Blick auf seine Kollegin fest, nachdem er Boysen in die Gewahrsamszelle gebracht hatte.

»Ich bin ja auch immer noch gesundheitlich angeschlagen«, meinte sie, »aber nach diesem Erfolg haben wir uns ein paar bunte Cocktails auf der Promenade verdient.«

»Da sage ich nicht nein«, erwiderte der Oberkommissar mit einem freundlichen Lächeln.

ENDE

»Friesenbarbier«, Band 9
Taschenbuch-ISBN: 978-3-95573-833-4
eBook-ISBN: 978-3-95573-832-7

»Friesenstrand«, Band 10
Taschenbuch-ISBN: 978-3-95573-875-4
eBook-ISBN: 978-3-95573-876-1

»Friesenlist«, Band 11
Taschenbuch-ISBN: 978-3-95573-934-8
eBook-ISBN: 978-3-95573-935-5

»Friesenblues«, Band 12
Taschenbuch-ISBN: 978-3-95573-954-6
eBook-ISBN: 978-3-95573-955-3

»Friesenanker«, Band 13
Taschenbuch-ISBN: 978-3-96586-009-4
eBook-ISBN: 978-3-96586-010-0

»Friesenkoch«, Band 14
Taschenbuch-ISBN: 978-3-96586-105-3
eBook-ISBN: 978-3-96586-106-0

»Friesenwürger«, Band 15
Taschenbuch-ISBN: 978-3-96586-146-6
eBook-ISBN: 978-3-96586-145-9

»Friesentango«, Band 16
Taschenbuch-ISBN: 978-3-96586-164-0
eBook-ISBN: 978-3-96586-172-5

»Friesenbrauer«, Band 17
Taschenbuch-ISBN: 978-3-96586-201-2
eBook-ISBN: 978-3-96586-202-9

»Friesendiebin«, Band 18
Taschenbuch-ISBN: 978-3-96586-276-0
eBook-ISBN: 978-3-96586-277-7

»Friesenpoker«, Band 19
Taschenbuch-ISBN: 978-3-96586-321-7
eBook-ISBN: 978-3-96586-322-4

»Friesenleiche«, Band 20
Taschenbuch-ISBN: 978-3-96586-355-2
eBook-ISBN: 978-3-96586-356-9

»Friesentrick«, Band 21
Taschenbuch-ISBN: 978-3-96586-408-5
eBook-ISBN: 978-3-96586-409-2

»Friesenschatz«, Band 22
Taschenbuch-ISBN: 978-3-96586-450-4
eBook-ISBN: 978-3-96586-451-1

»Friesenmagier«, Band 23
Taschenbuch-ISBN: 978-3-96586-485-6
eBook-ISBN: 978-3-96586-486-3

»Friesenruine«, Band 24
Taschenbuch-ISBN: 978-3-96586-513-6
eBook-ISBN: 978-3-96586-514-3

»Friesenraub«, Band 25
Taschenbuch-ISBN: 978-3-96586-549-5
eBook-ISBN: 978-3-96586-550-1

»Friesenrichter«, Band 26
Taschenbuch-ISBN: 978-3-96586-560-0
eBook-ISBN: 978-3-96586-561-7

»Friesenhummer«, Band 27
Taschenbuch-ISBN: 978-3-96586-614-0
eBook-ISBN: 978-3-96586-615-7

»Friesenkugel«, Band 28
Taschenbuch-ISBN: 978-3-96586-627-0
eBook-ISBN: 978-3-96586-628-7

»Friesendolch«, Band 29
Taschenbuch-ISBN: 978-3-96586-649-2
eBook-ISBN: 978-3-96586-650-8

»Friesengeiz«, Band 30
Taschenbuch-ISBN: 978-3-96586-667-6
eBook-ISBN: 978-3-96586-668-3

»Friesendiva«, Band 31
Taschenbuch-ISBN: 978-3-96586-689-8
eBook-ISBN: 978-3-96586-690-4

»Friesenteich«, Band 32
Taschenbuch-ISBN: 978-3-96586-700-0
eBook-ISBN: 978-3-96586-701-7

»Friesensilber«, Band 33
Taschenbuch-ISBN: 978-3-96586-707-9
eBook-ISBN: 978-3-96586-708-6

»Friesenfisch«, Band 34
Taschenbuch-ISBN: 978-3-96586-742-0
eBook-ISBN: 978-3-96586-743-7

»Friesenduell«, Band 35
Taschenbuch-ISBN: 978-3-96586-764-2
eBook-ISBN: 978-3-96586-765-9

»Friesenwürfel«, Band 36
Taschenbuch-ISBN: 978-3-96586-795-6
eBook-ISBN: 978-3-96586-796-3

»Friesenradio«, Band 37
Taschenbuch-ISBN: 978-3-96586-831-1
eBook-ISBN: 978-3-96586-832-8

»Friesenartist«, Band 38
Taschenbuch-ISBN: 978-3-96586-847-2
eBook-ISBN: 978-3-96586-848-9

»Friesenpolizistin«, Band 39
Taschenbuch-ISBN: 978-3-96586-853-3
eBook-ISBN: 978-3-96586-854-0

»Friesenspur«, Band 40
Taschenbuch-ISBN: 978-3-96586-879-3
eBook-ISBN: 978-3-96586-880-9

»Friesenboot«, Band 41
Taschenbuch-ISBN: 978-3-96586-871-7
eBook-ISBN: 978-3-96586-872-4

»Friesenerpresser«, Band 42
Taschenbuch-ISBN: 978-3-96586-906-6
eBook-ISBN: 978-3-96586-907-3

»Friesenvilla«, Band 43
Taschenbuch-ISBN: 978-3-96586-934-9
eBook-ISBN: 978-3-96586-935-6

»Friesenmuschel«, Band 44
Taschenbuch-ISBN: 978-3-96586-968-4
eBook-ISBN: 978-3-96586-969-1

»Friesenturm«, Band 45
Taschenbuch-ISBN: 978-3-68975-006-0
eBook-ISBN: 978-3-68975-007-7

»Friesensegler«, Band 46
Taschenbuch-ISBN: 978-3-68975-030-5
eBook-ISBN: 978-3-68975-031-2

»Friesenjungfer«, Band 47
Taschenbuch-ISBN: 978-3-68975-045-9
eBook-ISBN: 978-3-68975-046-6

»Friesengarn«, Band 48
Taschenbuch-ISBN: 978-3-68975-073-2
eBook-ISBN: 978-3-68975-074-9

»Friesenklasse«, Band 49
Taschenbuch-ISBN: 978-3-68975-093-0
eBook-ISBN: 978-3-68975-074-9

»Friesenvogel«, Band 50
Taschenbuch-ISBN: 978-3-68975-108-1
eBook-ISBN: 978-3-68975-109-8

»Friesenbäcker«, Band 51
Taschenbuch-ISBN: 978-3-68975-150-0
eBook-ISBN: 978 3-68975-151-7

»Friesenwald«, Band 52
Taschenbuch-ISBN: 978-3-68975-191-3
eBook-ISBN: 978-3-68975-192-0

Klarant Verlag

Lernen Sie die Ostfrieslandkrimi-Titel des Klarant Verlages kennen und besuchen Sie uns im Internet unter:

www.ostfrieslandkrimi.de und www.klarant.de

Sie können dort Näheres über unsere Autorinnen und Autoren erfahren, viele weitere interessante Bücher und eBooks finden und Leseproben herunterladen. Mit dem kostenlosen Newsletter auf

www.ostfrieslandkrimi-lesen.de

erhalten Sie aktuelle Informationen rund um das Verlagsprogramm, wie beispielsweise spannende Neuerscheinungen und Gewinnspiele